兇犬之眼

柚月裕子 著

王蘊潔 譯

目錄

書中主要角色關係圖

廣島縣警

搜查四課
課長 齋宮正成

中津鄉駐在所
巡查 **日岡秀一**

「小料理屋 志乃」 晶子

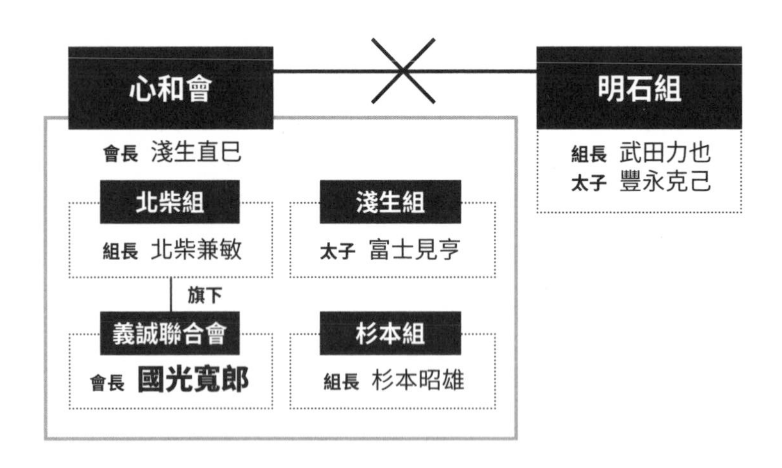

仁正會

會長 溝口明

尾谷組
組長 一之瀨守孝

瀧井組
組長 瀧井銀次

烈心會
會長 橘 一行

楔子

天空下著雪。

完全沒有任何聲音。無論戶外還是室內，都安靜得有點可怕。

坐在等候室的男人從踏進這個房間之後，就一直注視著地面。他的雙腳顫抖，應該是因為天冷的關係。他在西裝外只穿了一件薄大衣的打扮，在隆冬季節的北海道的確太冷了。

男人拉了拉大衣的衣領，就在這時，等候室的門微微打開。

是監所管理員。

年輕的管理員露出輕蔑的眼神看了他一眼，在門外用公事化的語氣向他確認：

「你有辦理接見，對嗎？」

男人抬眼瞥了管理員一眼，默默點了點頭。

「跟我來。」

管理員揚了揚下巴，示意男人走去門外。

男人從椅子上站了起來，走出等候室。

管理員指示男人去等候室旁的接見室。

「在這裡等一下。」

管理員說完這句話，走出了房間。

接見室用透明壓克力板隔成了兩半，男人坐在壓克力板前的鐵管椅上。

不一會兒，壓克力板另一側的門打開了，一個男人跟著剛才的管理員走了進來。男人的個子並不高，但即使隔著灰色的囚衣，仍然可以看到他厚實的胸膛。雖然臉頰有點瘦削，但氣色很好。

管理員看著手錶說：

「接見時間十五分鐘，時間到了，我會來叫你。」

管理員解開綁在受刑人手腕上的繩子，走出接見室。

受刑人高興地揚起嘴角笑了起來，坐在壓克力板前的椅子上。

接見者也對他笑了笑，用調侃的語氣問：

「模範受刑人的待遇果然不一樣，可以像這樣單獨談話。」

接見室內裝了攝影機，錄下接見時的對話。通常規定面會時管理員必須在場，但模範受刑人有特殊待遇。

受刑人看著一身單薄的接見者，關心地問：

「這裡很冷吧？」

監獄內很少使用暖氣，室溫和戶外的空氣相差無幾，政府機關並不會因為接見室是普通民眾使用的空間就加裝暖氣。

接見者微微揚起嘴角說：

「害我這裡的傷口都痛了。」

接見者的臉上有一道傷痕，從眼尾到嘴角的位置，是一道看起來像是被銳利刀子劃過的傷痕。不知道是手術縫合的技術很好，還是時間久的關係，傷痕並不明顯，感覺像是一條不太自然的皺紋。

受刑人揚起薄唇笑了起來。

「你的長相越來越有兄弟的樣子了。」

接見者在臉前搖了搖手，似乎在說「你別鬧了」。

室內響起兩個人的乾笑聲。

不一會兒，受刑人收起了笑容，微微欠身，用嚴肅的語氣說：

「兄弟，謝謝你來看我。」

被稱為兄弟的接見者伸手制止了受刑人的道謝。

「你別這麼見外，原本應該更早來看你，但接連發生了一些無聊的麻煩事。」

接見者皺起眉頭，但立刻放鬆了臉上的表情，改變了話題。

「我上次在書店發現了有趣的書，等一下會寄放窗口，你晚一點記得去領。」

「不好意思，書是最好的禮物。真期待啊。」

「只是不知道是不是你喜歡的題材。」

「在監獄這種地方，不管是不是喜歡的題材，只要有文字，就連廣告單看了都開心。」

「你真的很愛看書。」

「是啊，現在比起女人，我愛書更多一點。」

兩個人大笑起來。

笑了一陣子後，兩個人都陷入了沉默。

接見者深有感慨地說：

「再過一個月，就是老爺子的兩周年忌日。時間過得真快啊。」

受刑人輕輕嘆了口氣說：

「我一點都不覺得快，總覺得好像不久之前才剛死。」

接見者倒吸了一口氣，向受刑人道歉說：

「對不起，對在蹲苦窯的人來說，怎麼可能覺得時間過得快。」

受刑人慌忙說：

「我不是這個意思，兄弟，你把頭抬起來。」

兩個人都陷入了沉默。

不一會兒，接見者開了口。

「對了，之前不是曾經和你聊到墳墓的事嗎？」

這個話題太突然，受刑人露出意外的表情問：

「是鳥屎的事嗎？」

接見者點了點頭。

「無論怎麼打掃，還是有鳥屎拉在墳墓上，而且鳥屎很多，傷透了腦筋，現在終於知道是哪裡的鳥了。」

受刑人皺起眉頭。

「原本以為是墳墓對面那片樹林的鳥，不是嗎？」

「不是。」

接見者小聲回答，但語氣很堅定。

受刑人臉色大變，探出坐在椅子上的身體，一臉可怕的表情瞪著接見者問：

「真的嗎？」

接見者壓低了聲音說：

「我原本也以為是對面的雜木林，後來發現錯了，鳥巢在更近的地方。」

受刑人驚訝地瞪大了眼睛。

「更近的地方？」

接見者點了點頭。

「對，近在眼前，就在旁邊。因為太近了，我一下子沒發現。墳墓旁不是有一棵很大的杉樹嗎？就在那裡——鳥巢就在那棵樹上。」

受刑人漸漸漲紅了臉，難以置信地凝視著接見者。

受刑人吞著口水，費力地擠出聲音問：

「沒有搞錯嗎？」

接見者用力嘆了一口氣說：

「沒錯，我親眼確認了。」

受刑人用力凝望著遠方，隨即露出分不清是憤怒還是悲傷的表情，重重地靠在鐵管椅的椅背上。

「是喔，原來是這樣啊。」

接見室內瀰漫著沉重的空氣。

接見者打破了沉默問：

「怎麼辦？」

受刑人抬起低著的頭，看著接見者，然後好像下定決心似地說：

「那棵杉樹很棒，下雨的時候可以擋雨，夏天的時候可以遮陽。但是，既然那棵樹是弄髒墳墓的原因，就只能砍掉了。」

受刑人的臉痛苦地扭曲著。

接見者默默注視著受刑人。

後方的門打開了，管理員走了進來。

「時間差不多了。」

受刑人站了起來，低頭看著坐在椅子上的接見者說：

「你告訴組裡的人，在老大的法事之前搞定。」

受刑人的手腕被繩子綁起後，頭也不回地走了出去。

第一章

《娛樂週刊》平成二年（一九九〇年）五月十七日號報導

緊急連載
記者山岸晃解讀史上最惡質的幫派火拼　明心戰爭的發展

——平成二年（一九九〇年）二月八日晚上九點十五分。大阪府吹太市的一棟公寓大廈金屋花開的地下停車場突然響起槍聲，躲在電梯旁逃生梯的心和會殺手襲擊了明石組的老大。

擔任保鑣的畑山組組長畑山博司（38歲）當場死亡，同行的明石組太子豐永克己（50歲）頭部被子彈打穿，四小時後死亡。

明石組第四代組長武田力也（48歲）雖然身中三槍，但自行爬回車上，指示擔任司機的幫派成員前往畑山組的辦公室，並立刻用車上的電話聯絡。畑山組接到緊急聯絡後，立刻安排了救護車，武田組長被送往大阪警察醫院。

將近一百名明石組成員聞訊後急忙趕來，聚集在警察醫院前。負責警備的機動隊員、大阪府搜查四課的偵查員、媒體記者和看熱鬧的民眾擠滿了周邊的道路。想要進入醫院內輸血的幫派成員和警方發生了衝突，怒罵叫囂聲不斷，周圍陷入一片混亂。雖然醫院全力搶救，但武田還是在隔天凌晨五點死亡。當天晚上在總部先舉行了只有家人和親友參加的守靈夜，二月十日，由武田家舉辦了低調的葬禮。葬禮結束後，明石組執行部立刻召開了緊急幹部會議，協商今後的因應之道。

明石組的一名幹部向筆者透露，執行部決定的方針是——

「礪兵秣馬，賞罰分明」。

明石組將全力展開徹底的殲滅戰。自從武田組的組長遭到暗殺至今，明石組對心和會持續展開了無情的報復。明心戰爭至今造成了雙方十二人死亡，其中有八成是心和會的成員。

平成元年（一九八九年）七月，明石組為了爭奪第四代組長的寶座開始分裂。

當初分裂時，從明石組出走的心和會勢力有將近一萬人，明石組只剩下七千人。三個月後，在明石組向心和會發出義絕書之後，雙方的勢力發生了逆轉。在半年後的平成二年一月，明石組有一萬兩千人，心和會只剩不到三千人，迅速拉開了距離。

心和會走投無路，只能孤注一擲，採取暗殺明石組組長的戰略並不難讓人理解，只不過明石組的第二把交椅太子也在場這件事，恐怕是心和會的失算。大阪府警的偵查人員提到：

「既然組長和太子同時遭到殺害，在心和會付出沉痛的代價之前，明石組不可能罷休收手。不光是心和會的會長淺生直巳（62歲）性命不保，其他高層幹部都難逃一死，最後會逼迫心和會解散。這場火拼將不可避免地陷入長期戰。」

目前認為暗殺部隊的首領是心和會的主流幫派淺生組的太子富士見亨（45歲）。事件發生後就消聲匿跡的富士見至今仍然下落不明，有傳聞說，他已經逃亡到國外。

事實上，警方和明石組還在拚命尋找另一個人的下落，那就是擔任心和會常任理事的義誠聯合會會長國光寛郎（35歲）。

明石組的幹部證實：

「國光是幕後黑手，只有他有能力拿出大筆金錢，出謀劃策，做出這種無法無天的事。」

警方也根據目擊證詞，以及義誠聯合會的相關人士從半年前開始，就租借了命案現場所在的公寓大廈這兩點，針對國光以及其他義誠聯合會的成員發出了逮捕令，希望釐清和這起命案的關係，並在今年四月，以協助殺人的嫌疑在全國發佈了通緝令。

筆者認為，國光正是掌握了這場火拼終結的關鍵人物。

（未完待續）

穿越五光十色霓虹燈閃爍的街道後，轉進了岔路。

這裡的小路雖然錯綜複雜，但他並不會迷路。因為兩年前，他經常在這裡出沒。

在夜晚小路上灑下一片圓形光亮的燈光中，他看到了那塊日式招牌。燈籠形狀的和紙部分用毛筆寫著「小料理屋　志乃」幾個字。

日岡秀一把機車在店旁停好，走下機車，打開格子拉門，立刻聽到一個熟悉的聲音。

「歡迎光臨。」

打完招呼才抬起頭的晶子露出了驚訝的表情。

她可能正在做菜，一看到日岡，立刻把手上的菜刀放在砧板上，急忙從吧檯內走了出來。她跑到日岡面前，雙手抓住了他的手臂。

「阿秀，好久不見了。你還好嗎？是不是瘦了些？你來這裡出差嗎？」

晶子一口氣問了好幾個問題，日岡有點無力招架，不知道該從何答起。

「我很好。」

他簡單回答後，在吧檯前的椅子上坐了下來。

晶子又匆匆走回吧檯內，拿出熱毛巾遞給日岡。

「既然要來，應該事先通知我啊。」

日岡接過毛巾，在擦臉和擦手時，把來這裡的原委告訴了晶子。

「住在廣島的叔叔前天去世了，今天是他的葬禮。」

原本滿面笑容的晶子立刻皺起了眉頭。

「是這樣啊。」

「他去年肺部出了問題，醫生已經告訴家屬，可能來日不多了。畢竟是自己的身體，叔叔可能也隱約察覺到自己的身體狀況，做好了心理準備，所以聽說最後一段路也走得很乾脆。」

晶子垂下眼睛，深有感慨地說：

「一旦上了年紀，聽到有人去世，就會忍不住傷心。雖然我從來沒見過你叔叔，但還是感到難過。」

日岡為了激勵晶子，努力用開朗的聲音說：

「既然來了廣島，所以就想順便來看看妳。」

晶子似乎察覺了日岡的用意，也恢復了一如往常的態度，扮著鬼臉說：

「你現在越來越會說奉承話了，竟然說想看我這個大嬸。」

「才不是這樣。」

這並不是奉承。第一次見到晶子時，她四十五歲。雖然過了兩年，但她完全沒變。無論是一頭高高盤起的黑髮，還是從向後拉的和服領子中露出的白皙脖頸，都和以前一模一樣。硬要說和以前有什麼不同的話，就是不時帶著憂傷的雙眼中，比以前多了幾分憂鬱。也許是因為這個原因，讓她看起來更有女人味。

「阿秀，你該不會騎機車過來？」

日岡穿著黑色皮夾克和牛仔褲。穿皮夾克可以在不慎跌倒時保護身體，騎機車的時候，即使是夏天，他也都會穿上。

「我從去年開始騎這輛機車，那裡的交通很不方便，所以需要有交通工具。」

日岡目前住的城山町雖然有藝備線，但每天只有早晚各一班車，搭公車也很不方便，所以大部分居民都以自駕車代步。

一年前的四月，日岡從吳原東分局搜查二課調到比場郡城山町的駐在所，警階仍然是巡查。比場郡位在廣島市往東北方向越過三座山的地方，是中國山區的正中央，剛好在瀨戶內海和日本海的中間位置。位在山谷的土地幾乎都是農田，人口持續減少。比場郡由四個町村組成，日岡所在的城山町中津鄉位在最偏僻的位置，無論做任何事都很不方便。

他被調到深山裡的駐在所，說白了就是降職。

晶子露出意外的表情問：

「為什麼不開車？無論是搬東西或是做其他事，開車不是比較方便嗎？」

日岡搖了搖頭。

「鄉下的路很窄，開車反而不方便，而且我也沒有什麼需要用車子搬的東西。」

日岡沒有告訴晶子，他騎的這輛機車是前天去世的叔叔留下的遺物。叔叔喜歡機車，總共有三輛機車，得知自己來日不多之後，就處理掉其中兩輛，將其中一輛過戶到日岡的名下。那輛Y

AMAHA的SR500是叔叔最心愛的機車。

叔叔得意地說，這是一輛會讓機車迷刮目相看的機車，就連對機車一竅不通的日岡，也覺得深黑色的車身和擦得很亮的銀色排氣管很漂亮，更喜歡那輛機車的古典設計。

日岡不知道該不該接受這輛名車，但沒有孩子的叔叔和嬸嬸堅持要送他，再加上他正在找代步工具，所以就決定收下叔叔的愛車。

「以前在機動隊的時代，」日岡繼續說了下去，「我經常騎機車，但來到吳原之後，不是一直都開車嗎？任何事都一樣，長時間沒接觸，感覺就會變得遲鈍，所以剛騎現在這輛機車時，有點擔心自己不太會騎，幸好到目前為止，都沒有發生任何事故。」

晶子一臉懷念的表情看著遠方。

「是啊，那時候上哥坐在副駕駛座上，你們經常一起東奔西跑。」

晶子提到上哥——日岡前上司大上章吾巡查部長的名字時，立刻露出憂鬱的眼神，為自己不小心打開了通往往日記憶的門感到自責。

日岡改變了話題。

「有沒有什麼吃的？」

晶子回過神似地看著日岡，微微偏著頭問：

「今天不喝酒嗎？」

日岡點了點頭。

「吃完飯，就要回比場。因為只有今天有辦法請喪假，所以在明天上班之前要回去。」

晶子看了一眼掛在店內柱子上的擺鐘，日岡也跟著看了一眼，快晚上八點了。

「從這裡騎到比場要五個小時左右？」

日岡在腦袋內計算了一下。晚上比較沒有車子，四個小時應該就可以到了。半夜兩點回到住處，睡六個小時就足夠了。

「不需要那麼長時間，十點離開就綽綽有餘了。」

晶子可能原本以為他會更早離開，所以立刻露出了欣喜的表情。

「也對，那我現在來做章魚飯。阿秀，你不是愛吃章魚飯嗎？今天剛好有不錯的章魚。」

特地為自己做章魚飯太麻煩了。日岡鄭重地婉拒了。

「感謝妳的心意，但妳不必特地做了，給我一些現成的食物就好。」

「你幹嘛這麼見外。」

晶子很堅持地搖了搖頭。她已經從冰箱裡拿出章魚放在砧板上。

「很快就煮好了，你先吃這個。」

晶子在說話時，從吧檯內把白帶魚的生魚片和馬鈴薯燉肉放在日岡面前，還附上了熱茶。新鮮的生魚片和燉菜的醬油味刺激了食慾。日岡微微欠了欠身，拿起了筷子。

叔叔的葬禮結束後安排了謝飯，謝飯當然有餐點，但日岡並沒有出席。一方面打算趕快來志乃，但同時也是顧及父母的面子。

所有親戚都知道日岡被調去偏僻的鄉下駐在所，大家也都明白並不是升遷，想必也很清楚必定有原因才會遭到降職——

但是，因為日岡是警察，所以大家表面上都會稱讚。每次聽到親戚誇獎他「了不起」、「很厲害」，父母就覺得抬不起頭。

上一次來志乃是去年冬天。日岡剛好來廣島市辦事，那天也像今天一樣，順便來志乃坐坐。那天是搭公車和電車。雖然平地沒有下雪，但山上的天氣看起來隨時會下雪，為了安全起見，所以沒有騎機車。

他那次來廣島，是為了特別公務員暴力凌虐事件出庭作證。

兩年前的昭和六十三年（一九八八年）春天，吳原金融的員工上早稻二郎失蹤。吳原金融是五十子會旗下的加古村組門面企業。轄區警局吳原東分局認為上早稻的失蹤和加古村組有關，於是展開了偵查。果然不出所料，上早稻的確是因為加古村組才會失蹤。最後在廣島的離島赤松島發現了上早稻的屍體，綁架上早稻，並凌虐殺害的兇手正是加古村組的幫派分子。

尾谷組和五十子會之前就為了爭奪吳原的霸權處於一觸即發狀態，這起事件引發了兩個幫派之間慘烈的火拼。

五十子正平是縣內最大的黑道幫派仁正會的副會長，在和尾谷組關係密切的仁正會幹事長瀧井銀次的策劃下，遭到了除名處分，不久之後在情婦的公寓停車場遭到槍殺。五十子會的太子淺沼真治也遭到槍殺。五十子會旗下加古村組的太子野崎康介也在吳原市的路上遭到刺殺。這些殺人命案的兇手，都是最早在吳原市成立幫派的尾谷組成員。火拼造成了各種利害衝突和對立，在火拼爆發至今已經將近兩年的時間，火種仍然沒有完全撲滅。

尾谷組和五十子會的全面戰爭引發的許多事件都遭到了起訴，但目前仍然有不少事件仍然沒有審理結束。其中之一，就是上早稻二郎的綁架殺害事件。這起事件逮捕了四名兇手，其中一名兇手苗代廣行的辯護律師為了爭取減刑，提出警方在偵查階段違法蒐集情報，對被告人有暴力行為和脅迫性的言詞，要求警方相關人員出庭作證。

苗代遭到逮捕之前，日岡奉大上的命令，曾經故意找苗代打架。律師得知這件事後，要求日岡在法庭上作證。

警界高層試圖阻止日岡出庭。

如同大海同時擁抱清流和濁流一樣，這個世界也同時接納善人和惡人，日岡知道太多有關火拼事件的內幕。警界高層擔心日岡一旦站上證人席，可能會說出一些對警方不利的事。因此，目前的直屬上司——比場分局地區課長角田智則勸他不要出庭作證。

日岡鄭重地婉拒了角田的提議，他以除了律師發問的問題以外，保證不回答任何事作為交換條件，角田才終於批准了他在出庭日當天的休假申請。即使這次能夠順利躲過，如果審判無法很快結束，日後會收到傳喚證人的傳票，也許最後還是必須出庭，所以他希望把麻煩事先處理完。

角田雖然努力說服日岡改變主意，但最後終於放棄了。不知道他發現即使費盡口舌，日岡也不會改變主意，還是覺得沒必要沒事自找麻煩。日岡猜想應該是後者。

日岡在尾谷組和五十子會的火拼事件中涉入太深，前上司大上偏袒尾谷組，所以縣警認為日岡和尾谷組之間也有相同的關係。

縣警總部擔心日岡繼續留在吳原，慢慢熄滅的火種可能在哪一天再度燒起來，於是就把他調去了偏僻鄉下的駐在所。雖然轄區分局二課課長齋宮正成向他保證，三年後一定會把他調回來，但日岡並不相信。無論齋宮，還是安排他被降職的縣警監察室的嵯峨大輔警視，一定都希望他這個麻煩人物一直留在鳥不生蛋的鄉下。

無論如何，目前並沒有第二次傳喚他出庭作證。角田應該比自己更鬆了一口氣。

「來，趕快吃吧。」

章魚飯煮好後，晶子裝在碗公中遞給日岡。日岡接了過來，把嘴湊到碗公邊，用筷子大口吃了起來。章魚的湯汁很入味，他轉眼之間就吃完了。晶子看到他吃得津津有味，似乎感到很高興，從吧檯內伸出手。

「還有很多，你再多吃點。」

日岡千里迢迢來這裡，晶子從來不向他收錢，每次都說：「等你出人頭地後再一次付清。」今天應該也不會讓他付錢，但晶子做的章魚飯實在太好吃，讓他拋開了這些顧慮。於是在晶子的盛情之下，他把空碗遞了過去。

吃第二碗的時候，他終於能夠細嚼慢嚥，好好嚐味道。

吃飽之後，日岡喝著茶，從皮夾克內側口袋拿出了和平短菸，把壓扁的菸拉直，叼在嘴上。用雕刻了狼圖案的Zippo打火機點了火。那正是大上章吾之前請他保管的打火機。

站在吧檯角落的晶子一臉訝異地看著日岡。

「阿秀，你什麼時候開始抽菸了？」

日岡朝下吐著煙，輕輕抓了抓頭。

「差不多半年前。」

晶子露出不悅的表情。抽菸影響健康——她的眼神這麼說。日岡思考著措詞，努力讓自己的說明聽起來不像找藉口。

「城山町是個平靜的地方，我每天的工作就是巡邏，和聽居民抱怨農田裡的蔬菜被野獸吃掉了，但在上班的時候不能喝酒，也不能睡午覺。如果不抽菸，根本沒事可做。」

這並不是說謊，但自己也覺得這番說詞聽起來像在找藉口。

駐在所所在的中津鄉地區是個一無所有的地方，唯一可以稱為商店的地方，就只有一家賣日用品的小商店；唯一的娛樂，就是每月在村莊的公民館舉辦的民謠會。那裡是和夜晚的霓虹燈和暴力無緣的地方。

只有時間慢慢、持續不斷地流逝。日岡為了打發這種空虛的時間開始抽菸。

但是，這並不是唯一的理由。因為他希望把大上的Zippo打火機隨時放在身邊，隨時可以摸得到。

兩年前，日岡和警方作對，違背了高層的命令。他並沒有為此後悔，反而有一種近似使命感的想法，至今仍然認為自己的行為完全正確。

只不過最後他被調到了廣島縣北部的鄉下地方，每天碌碌無為。這一年多來，內心的使命感和熱忱也漸漸淡薄。

當初挺身反抗高層的行為固然勇敢，但現在的自己又在做什麼呢？只是日復一日地看著農田，吃居民送自己的蔬菜，晚上鑽進被子睡覺。鞋底越磨越薄，之前不斷刺痛內心的吳原那段日子，也沉入遙遠的記憶深處。

日岡把菸放進吧檯角落的菸灰缸裡捻熄了。因為太用力，濾嘴都壓碎了。

菸灰缸放在大上每次來這裡時坐的座位前。

——自己到底在那種深山僻地幹什麼？

他握緊打火機。雖然他討厭警察組織的骯髒，但更厭惡敷衍消極的自己。

日岡從椅子上站了起來。

「我改天再來。」

晶子慌忙挽留他。

「時間還早啊。」

日岡勉強擠出笑容。

「肚皮吃飽了，眼皮就開始下垂了。趁回家路上打瞌睡發生車禍之前，我還是先走吧。」

晶子一臉遺憾的表情點了點頭。

雖然明知道晶子不會收錢，但還是準備拿出皮夾時，二樓傳來一陣大笑聲。日岡愣在那裡。

他剛才就察覺到樓上有客人，但並沒有在意。他之所以會愣在那裡，是因為從剛才的笑聲中，聽到了一個熟悉的聲音。那個獨特的低沉聲音發出了略帶沙啞的笑聲。

日岡指了指二樓問：

「誰啊？」

晶子可能對剛才沒有主動告訴日岡感到有點尷尬，一臉為難的表情說：

「阿守和瀧井先生剛好也在。」

一之瀨守孝是在火拼事件中，日岡偏袒的尾谷組第二代組長。瀧井組組長瀧井銀次也和大上交情匪淺。他們兩個人都是日岡的老朋友，而且關係很密切。晶子應該很清楚這件事，但為什麼沒有告訴日岡，他們兩個人也在店裡？

晶子好像在辯解似地說：

「因為他們今天和客人在一起，所以我想可能不方便打擾。一旦告訴你，你一定會去打招呼。」

晶子討好的笑聲聽起來很空洞。

——原來是不想讓自己認識的客人？還是想要隱瞞的對象？

日岡咬著薄唇。

這時，二樓傳來打開紙拉門的聲音，有人走下樓梯。

並不是一之瀨，也不是瀧井，而是他們招待的客人。身後跟著一個看起來像是手下的年輕男人。

原本已經站起來的日岡又重新坐了下來，從樓梯的縫隙偷瞄著那個男人。

男人一頭染成淺色的頭髮綁在腦後，現在是晚上，他還戴著一副金框墨鏡。白色POLO衫外穿了一件棉夾克，下面是一條寬鬆的長褲，看起來像是打完高爾夫。

男人來到一樓後，向晶子打了聲招呼，指著樓梯前方問：

「媽媽桑，廁所是在這裡面吧？」

晶子聽到他的問話，好像突然回過神似地露出僵硬的笑容回答說：

「對，就在通道的盡頭。」

「謝謝。」

志乃的店很窄，只能容納一個大人勉強通過。

男人走過日岡身旁時，對日岡微微點了點頭。日岡也向他欠身打招呼，抬眼迅速觀察了他。

——我在哪裡見過這張臉。

腦袋深處好像被電極電了一下。

雖然那個男人戴著深色墨鏡，所以看不到眼睛，但下巴的線條、高挺的鼻子，和兩片薄唇有似曾相識的感覺。最重要的是，耳朵的形狀令人印象深刻。

既然是一之瀨和瀧井的客人，這個人也是道上的兄弟嗎？果真如此的話，日岡不可能不記得。

那個男人看起來和不到四十歲的一之瀨年紀相仿，如果是道上的兄弟，以他的年齡和身上散發出的氣勢，他應該有相當的頭銜。縣警的資料卡上有縣內所有幫派幹部的照片，既然日岡沒有印象，就代表他並不是本縣的道上兄弟，至少不是仁正會相關的人。

到底在哪裡見過他？

日岡拚命在記憶中翻找，那個年輕人走過他身旁。年輕人穿著西裝，裡面是一件開襟襯衫，頭髮理得很短。日岡注視著他的背影。

年輕人的右側腰間不自然地鼓了起來。日岡很熟悉這種感覺。那是手槍插在皮帶時的形狀。既然插在右側腰間，代表那個人是右撇子。在已經不需要穿外套的五月下旬，即使喝酒的時候也沒有脫下西裝，就是為了隱藏這把手槍。

他們是黑道。絕對沒錯。

日岡問晶子：

「那個客人是誰？」

晶子移開了視線，收拾流理台的動作看起來很不自然。

「那是建設公司的董事長，和尾谷組已經引退的前組長，還有阿守他們都是認識多年的老朋友。」

建設公司的董事長不可能帶著身上帶槍的保鑣。

晶子應該也知道日岡不可能相信這麼不高明的謊言，但仍然不惜說謊，應該是有十足的理由無法說出那個男人的身分。

日岡再度體會到內心隱隱作痛的感覺。

他的心跳加速。

日岡從椅子上站了起來，對晶子說：

「我還是去向他們打一下招呼，別擔心，我不會久留。」

晶子想要說什麼，但可能覺得阻止也沒用，一臉困惑的表情閉了嘴。

日岡走上樓梯，跪在紙拉門前，對著門內說：

「不好意思，打擾各位喝酒，我是日岡。」

日岡說完這句話，門內的談笑聲音刻安靜下來。聽到有人慌忙站了起來，紙拉門用力拉開。是一之瀨。

第一次見到一之瀨時，他還是太子。如今是尾谷組第二代組長，當上組長之後，氣勢也和之前大不相同。

「喔喔，是日岡，你來了啊。」

他們已經有一年沒見面了。雖然久別重逢，但一之瀨臉上的困惑更勝於喜悅。

「真的是日岡嗎？」

一之瀨身後傳來瀧井的聲音。雖然他故作冷靜，但聲音明顯透露出內心的慌亂。

日岡把雙拳放在地上，抬起臀部鞠了一躬，但並沒有低下頭。他身體微微前傾，探頭向包廂內張望。

「好久不見。」

日岡迅速巡視包廂內。

包廂內除了一之瀨和瀧井以外，還有兩個日岡認識的男人。其中一個是天木幸男，在一之瀨成為尾谷組第二代組長後，他升為尾谷組的太子。他因為傷害罪坐牢多年，在吳原的火拼事件爆發後出獄，在一之瀨成為第二代組長的同時，拔擢他成為太子。

另一個人是瀧井組的太子佐川義則，是瀧井的得力助手。日岡以前曾經在瀧井組的辦公室見過他。

在廣島有頭有臉的道上兄弟一起招待一個男人，那個男人顯然不是等閒之輩。日岡越發對那個男人產生了興趣。

「你們喝得很開心啊。」

日岡試圖從閒聊中打聽那個男人的身分，但一之瀨立刻打斷了他。

「日岡，真的很想和你好好聊聊，但今天正在忙，我們改天再聊，請你見諒。」

一之瀨蹲在包廂入口一動也不動，顯然不打算讓日岡進去。

瀧井也催促著說：

「我們會盡快聯絡你，到時候再好好聊。」

他們似乎很希望日岡趕快離開。

日岡想知道那個男人和一之瀨他們之間的關係，所以想拖延時間，等那個男人上完廁所回來。他正在思考適當的話題，聽到身後傳來說話聲。

「啊喲，原來是兩位的朋友啊。」

回頭一看，剛才那個男人站在那裡。他上完廁所回來了。

「這位是？」

男人問。

日岡轉過頭，發現一之瀬一臉為難的表情抓了抓脖子後方，似乎正在思考該怎麼回答。

瀧井可能認為即使說謊，早晚會拆穿，所以就打消了隱瞞的念頭。

「他是條子。」

「是喔。」

男人笑著說。即使得知日岡是警察，仍然不為所動。正如日岡猜想他是道上的兄弟一樣，他似乎也察覺日岡並不是平凡的上班族。

「在哪裡高就？」

男人問日岡所屬的分局。

原本面對一之瀬的日岡轉身面對男人回答說：

「之前在吳原東分局二課，目前被調去本縣北部的駐在所。請問你是？」

包廂內的空氣頓時緊張起來。

瀧井在男人開口之前搶先回答說：

「他是建設公司的董事長，姓吉岡。」

瀧井說話的語氣中帶著隨口說謊的焦急。

「哪裡的建設公司？」

「在廣島。」

「廣島的哪裡？」

日岡追根究底，瀧井露出了不悅的表情。

男人似乎樂在其中地笑著，走過日岡身旁，走進了包廂。在包廂深處的上座坐下之後，巡視在場的所有人說：

「喝酒越熱鬧越開心，要不要請這位警察先生一起坐下來喝呢？」

「老大！」

守在男人斜後方的年輕人臉色大變，稍微加強語氣叫了一聲。男人出聲笑了笑，看著日岡問：

「對了，這位警察先生，我的耳朵這麼稀奇嗎？」

男人似乎發現日岡一直在觀察他的耳朵。

大上以前曾經告訴日岡，在記通緝令上的照片時，要記住耳朵的形狀。因為無論怎麼喬裝，耳朵的形狀都無法改變。

——你聽好了，普通的罪犯為了躲避追緝，可能會整型，但除非有天大的理由，否則道上的兄弟不會整型。兄弟靠臉吃飯，臉就代表了面子。

日岡把大上所有的教導都記在腦海中。

這個男人的耳朵很有特徵。耳朵前端尖得就像惡魔的耳朵，但耳垂很圓很大。

日岡在腦海中將男人的頭髮變黑、變短，拿掉鬍子。這張臉立刻和一個男人的臉完全吻合。

國光寬郎——

國光寬郎是一度成為日本最大的黑道幫派明石組旗下北柴組的太子，但在明石組分裂之後，北柴組和新成立的心和會結盟，國光自立山頭，成立了義誠聯合會，被提拔為心和會的直屬幫派。今年二月，明石組第四代組長武田力也遭到暗殺，震驚了日本全國，國光被視為策劃暗殺行動的主謀，以協助殺人的嫌疑遭到全國通緝。

一之瀨的老大，尾谷組第一代組長尾谷憲次和北柴組組長北柴兼敏是結拜兄弟，所以一之瀨和國光算是結拜的堂兄弟。國光在廣島縣福中市出生、長大，再加上尾谷組和仁正會結盟，所以在廣島是和明石組關係最密切的勢力，即使一之瀨協助國光逃亡，也絲毫不足為奇。

日岡的後背一下子冒了很多汗。

如果眼前這個男人是國光，就應該聯絡轄區警局，也是自己之前所屬的吳原東分局二課請求支援。但如此一來，會造成一之瀨和瀧井的困擾。更何況萬一認錯了人，後果不堪設想。幸好今天騎機車來這裡，即使對方開車，也很方便跟蹤。等男人離開後，可以一路跟蹤，查明他目前的住處。確認住處之後，再聯絡轄區警局，就說發現了疑似通緝的對象。

他的心跳越來越快。

——一旦立了功，就可以調回轄區分局。

日岡跪在地上的雙膝微微後退，無視男人的問題，鞠了一躬。

「謝謝邀請，但今天還是先告辭了。各位請慢用。」

日岡正想拉起拉門，一之瀨制止了他。

「日岡，」

日岡停下了放在紙拉門上的手。

一之瀨厲聲說道：

「你似乎誤會了什麼，吉岡先生不是道上的兄弟。」

日岡抬起頭，發現瀧井也一臉嚴肅地瞪著自己。一之瀨和其他人都露出殺氣騰騰的表情看著日岡，只有那個男人仍然帶著笑容。

日岡沒有回答，關上了紙拉門。

他走出志乃，騎上機車時，晶子追了出來。

「阿秀，你等一下。」

日岡看著晶子，戴上了安全帽。

「不好意思，每次都讓妳請，下次我一定付錢。」

晶子生氣地說：

「我才不是說結帳的事。」晶子瞪著日岡，「你把我當傻瓜嗎？難道你以為我不知道你在想什麼嗎？」

一臉生氣表情的晶子難過地皺起眉頭。

「你趕快打消念頭，你不是繼承了上哥的衣缽嗎？」

聽到前上司的暱稱，日岡的胸口發痛。

日岡把頭轉頭一旁，晶子繼續問道：

「阿秀，你不會那麼做吧？」

日岡不理會晶子的問話，正準備發動引擎。這時，晶子身後傳來一個聲音。

「是日岡先生吧？」

晶子發出驚叫聲，日岡也看向聲音的方向。

剛才那個戴墨鏡的男人站在拉門前，但那個年輕的保鑣並不在，只有他一個人。

男人拿下墨鏡。因為他背對著店裡的燈光，所以看不清楚他的臉。但他的兩道揚起的眉毛，和眼尾下彎、很有特徵的雙眼，顯示他正是國光。

國光走向日岡。晶子嚇得向後退。

國光來到機車旁停了下來，正視日岡說：

「你猜的沒錯，我就是國光，就是遭到通緝的國光寬郎。」

日岡倒吸了一口氣。

他猜不透國光向自己這個警察表明身分的意圖。

「我說日岡先生，給我一點時間。」

國光改成了用故鄉的廣島話對日岡說話。

「時間？」

「沒錯，時間。」

國光雙手放進褲子口袋，好像仰望夜空般看著天上。

「我還有事情要處理，但是，等我搞定之後，一定讓你親手為我銬上手銬。我向你保證。」

國光的視線移回日岡身上後笑了笑，用力拍了拍他的肩膀說：

「改天再登門拜訪。」

國光不等日岡的回答，就走回店內。

留在店外的日岡耳中，仍然殘留著國光好像呢喃般小聲說話的聲音。

國光剛才說，「還有事情要處理」，這句話到底是什麼意思？在殺了武田之後，仍然還有未完成的使命嗎？還有比奪走日本最大的黑道幫派老大性命更重要的事嗎？

「阿秀。」

聽到晶子的聲音，陷入沉思的日岡回過了神。

抬頭一看，發現晶子一臉擔心地看著他。晶子走向日岡一部。

「阿秀，我不知道你在國光先生的事上會怎麼做，但希望你記住，那些東西隨時做好了交給你的準備。」

那些東西——大上託付給自己的東西還放在店後門冷箱的後方。那是記錄了警界高層醜聞的筆記本，和大上留下的錢。

日岡握住機車把手，用力踩下踩發桿。踩了五次，引擎才終於發動。

「我改天再來。」

日岡雙腳離開地面，把油門加到最大。

第二章

《娛樂週刊》平成二年（一九九〇年）五月二十四日號報導

緊急連載

記者山岸晃解讀史上最惡質的幫派火拼　明心戰爭的發展之二

從某種意義上來說，被認為是明石組第四代組長武田力也（48歲）暗殺事件幕後黑手的國光寬郎（35歲），是典型的現代黑道兄弟，既是暴力派，同時也是知性派，是黑道漂白的成功典型，擁有豐富的資金，據說他的資產有數十億。

昭和三十年（一九五五年）出生在廣島縣福中市的國光在高中之前，都一直住在福中。一家四口，除了父母以外，還有一個姊姊。他父親在大型商社任職後自立門戶，成為貿易公司的董事長，是當地很出了名的有錢人。

家境富裕的國光從中學時代就開始素行不良，上了高中之後，和一票壞學生成群結黨，是不良少年中赫赫有名的頭頭。但他似乎很聰明，當年的高中同學說：

「雖然他經常和其他學校的不良幫派打架，但成績總是在全年級的前十名。我想他應該很聰明，我們學校是升學學校，他的成績考廣島大學綽綽有餘，就連阪大和京大應該也都沒問題。不知道是否受到他父親生意的影響，他說以後想當船員，這應該就是他報考神戶的商船大學的原因。」

昭和四十八年（一九七三年），在他進入國立神戶商船大學的同時，搬去了神戶垂水區。國光考上了國立大學，立志成為船長，不知道他的人生齒輪在哪裡出了問題。和第三代明石組直系的北柴組組長北柴兼敏（67歲）的相遇，似乎改變了他的人生。瞭解當時情況的黑道兄弟說：

「他在鬧區和明石組旗下幫派的年輕人打架，我不知道是什麼原因，聽說國光把那個年輕人打得鼻青臉腫，於是就被其他兄弟盯上，把他抓到辦公室。那時候北柴老大剛好也在場，從虎口救了國光一命。」

雖然不知道是被吸收加入，還是他主動要求加入，總之，國光在昭和五十年（一九七五年）二十歲時從大學休學，加入了北柴組。他以販賣非法遊戲機、非法進口東南亞大理石為主要賺錢管道，很快就嶄露頭角，成立了義誠聯合會，被北柴組執行部起用為太子特助。他也是從那個時候開始炒地皮和炒股票。

國光在昭和五十五年（一九八〇年）犯下了傷害致死事件，一下子就在道上兄弟之間打響了名號。對方是明石組旗下直系幫派的幹部，他在高速公路出口附近埋伏，用日本刀砍殺對方。據說是因為販賣安非他命結下了樑子。因為被砍死的幹部先開了槍，而且國光在砍殺對方後，主動叫了救護車，採取了急救措施，所以認定並非殺人罪，而是傷害致死罪，最後被判處了七年有期徒刑。

雖然他剁了手指，也道了歉，但他殺了同為明石組，而且是地位比他高的幹部，照理說幫派應該做出嚴厲的處置，沒想到明石組執行部並未追究國光的行為。聽說為了擺平這件事，動用了上億的資金，但真相不得而知。

昭和六十年（一九八五年），國光從熊本監獄假釋出獄後回到神戶，在九州活動。當時認識了以西日本為中心經營不動產和營造業的公司董事長S。

認識S之後，無疑為國光帶來了巨大的轉機，這個漂白成功的武鬥派兄弟很快就遠近馳名。

（未完待續）

稻穗前端像劍一樣尖的稻子筆直伸向天空。

夏日的豔陽從萬里晴空灑了下來，廣島縣在兩天前，宣布梅雨季節結束。

日岡騎著機車，行駛在穿越農田中央的產業道路上，但並不是他自己那輛ＹＡＭＡＨＡ　ＳＲ５００，而是前任留下的九十ＣＣ黑色機車──俗稱黑機。管區範圍很大的派出所和駐在所巡邏時不是騎腳踏車，而是騎機車。中津鄉駐在所的這輛黑機歷經四任駐警，已經非常老舊，有些地方的油漆也已經剝落了，從來沒有一次就可以發動引擎的經驗。

他以緩慢的速度騎向大戶見山的山麓。大戶見山是日岡管區範圍中津鄉地區的一座後山，大戶見山的西側是四天山，後方的南側是比場山脈。

大戶見山大部分都被杉樹覆蓋，比場郡目前染上了稻子和杉樹的綠色。一片淡綠色的稻穗海洋圍繞在深綠色的山脈周圍，和萬里無雲的藍天交相輝映，形成美麗的對比。

日岡騎著機車，用一隻手稍微調整了半罩式安全帽的角度。早上的新聞報導中提到，廣島縣內今天的最高氣溫是三十二度，將近中午的這個時候，氣溫應該接近三十度左右。

但日岡並沒有感受到太強烈的陽光，一方面是因為騎機車時風很大，再加上眼前充滿自然風景的獨特風土，降低了他的體感溫度。

中津鄉是被低矮的山環繞的盤地，山上的泉水很豐富，有好幾條河流。清涼的泉水和從山頂吹來的山風，都一起降低了這片土地的空氣溫度。這一帶沒有可以稱為高樓的房子，公所的辦事處和小學的分校也都只有兩層樓，大部分農舍都是平房，沒有任何會擋住風的建築物，所以這裡沒有盆地特有的悶熱。

他在產業道路盡頭右轉，繼續騎向深處。縣道只是虛有其名的山路，沿途必須不時看轉角處的鏡子，確認是否有對向來車。如果不小心壓到小石頭失去平衡，後果不堪設想，運氣不好的話，會跌落一旁山崖下方的樹林。

他小心翼翼地操控著機車龍頭騎了五分鐘左右，原本逼近兩側的山好像突然退後了。

眼前是一片空地，好像周圍的樹都被砍光了。靠近山麓的空地深處有一棟平房，從空地入口到房子之間鋪著碎石子。道路兩旁的農田種的茄子、四季豆等夏季蔬菜都結了豐碩的果實。

當日岡靠近房子時，聽到了狗叫聲。這是屋主飼養的這隻和柴犬的混種狗名叫太郎，今年三歲，被主人用鍊子綁在主屋旁的狗屋上。當日岡進入牠的地盤時，立刻尖聲大叫起來。如果懂得分辨誰是可疑人物，就可以成為優秀的看門狗，太郎似乎缺乏這種資質。日岡被派到這裡的駐在所之後，曾經來過這裡多次，太郎仍然會對著日岡威嚇吠叫，顯然沒有搞清楚自己的使命。

日岡停下黑機，脫下了安全帽，從口袋裡拿出手帕，胡亂擦了一下腦袋。當他把手帕放進口袋時，一個男人從主屋旁的儲藏室走了出來。他是這棟房子的主人黑田赳夫。

黑田一看到日岡，立刻露出滿面笑容。

「喔，這不是駐警先生嗎？特地跑來這種山坳坳地方，真是辛苦了。」

日岡下了機車，向他鞠了一躬，看到黑田腳上的長筒雨靴沾滿了黑色的泥土。

「你剛下田嗎？這麼熱的天氣，體力真好啊。」

日岡說。調來駐在所之後，他盡可能用當地話和居民交談。在這種鄉下地方，如果說標準語，就會被人在背後說什麼愛裝模作樣、為人不親切。

黑田發現了日岡的視線，把雨靴的腳跟在地面用力跺了幾下，原本黏在鞋底的泥土紛紛掉落下來。

「我們看天吃飯，如果夏天覺得太熱，冬天覺得太冷，就根本沒辦法工作。之前不是有一年冷夏嗎？城市裡的人覺得夏天涼爽也很棒，但我們農民就傷腦筋了。那年的夏季蔬菜根本不行，我們的收成也少了，但價格也高了，最後大家的生計都受到影響，所以要好好感謝今年的天氣這麼熱。」

太郎看到主人出現，終於安靜下來，這時又突然對著玄關吠叫起來。但並不是在威嚇，而是想要央求什麼的撒嬌叫聲。

黑田的太太里子從敞開的玄關走了出來。她手上拿著鋁製單柄鍋。裡面可能裝了狗食。她一看到日岡，立刻高興地打招呼。

「啊喲啊喲，我聽到說話的聲音，正在想是誰呢，沒想到是駐警先生啊。你什麼時候到的？」

里子說完後看向丈夫，立刻板著臉斥責說：

「你在幹嘛！這麼熱的天氣站在外面，不是會中暑嗎？」

「這點熱不是問題啦。」

黑田得意地挺著只穿了一件汗衫、肌肉飽滿的胸膛說，他的身材看起來完全不像已經四十多歲，飽滿的胸肌和二十幾歲的年輕人差不多。

里子非但沒有稱讚他，反而狠狠瞪了他一眼。

「我才不是說你，我是擔心駐警先生會中暑，你看看，流了這麼多汗，真可憐。」

日岡知道自己制服背後也都被汗水濕透了。

日岡穿著防護衣上掛著無線對講機、手電筒這些裝備品，再加上掛在皮帶上的手槍和警棍，的確有相當的重量。原本天氣就很熱，帶著這些沉重的裝備巡邏的確不輕鬆。

太郎看到里子拿著單柄鍋一直聊天，遲遲沒有給牠吃飯，終於等不及了，對著她吠叫了一聲。

里子似乎終於想起自己走出來的目的，急忙蹲下來，把鍋子放在太郎面前。

「對不起，對不起，讓你久等了。」

太郎迫不及待地把整張臉都埋進放在面前的鋁鍋內。鍋子裡裝的是白飯加味噌湯的貓飯。

里子站了起來，用身上的格子圍裙衣擦了擦手，看著日岡說：

「駐警先生，你還沒吃午餐吧？我來煮素麵，你吃了再走。」

日岡彬彬有禮地婉拒了。

「不用客氣了，我還在值勤，今天只是來還這個。」

日岡說話的同時，從機車行李箱內拿出一個塑膠袋，裡面裝了一個附蓋子的塑膠容器。三天前，里子用這個塑膠容器裝了滷鯡魚乾送給他。日岡不時會收到管區內居民送的蔬菜和熟食。這是鄉下地方的風俗習慣。如果在都市，很難想像警察收取居民的饋贈這種行為，甚至可能違反規定。

——這裡是鄉下地方，如果太客氣，凡事按規定辦事，就會造成居民的反感，所以你在這方面要多注意。

這是前任巡查長傳授給他的經驗。日岡聽從了前輩的建議，坦然接受居民的盛情，但每次在收下之前，都會先鄭重地婉拒。如果理所當然地收下，又會被居民在背後議論不懂規矩。

「不好意思，把空盒子拿回來。」

日岡鞠了一躬，遞上洗好的容器。里子反而一臉歉意地說：

「這種東西，不必特地拿來還我，有機會來這裡時再順便拿過來就好。」

里子接過塑膠袋，匆匆走進屋內。她在玄關前停下腳步，笑著向日岡招了招手。

「你不要站在那裡，進來吧，我昨天剛好醃了小黃瓜和蘘荷，怎麼樣？」

里子在說最後一句話時，很有女人味地微微偏著頭，不等日岡回答，就轉身走進了廚房。

黑田看著老婆風騷的背影，忍不住冷笑一笑。

「都一把年紀了，真不害臊啊。」

嘴角下垂的黑田轉頭看著日岡，苦笑著說：

「你就進去坐坐吧，今天早上，我們夫妻吵了架，只有兩個人吃飯氣氛太沉重了。而且她很中意你，你留下來吃飯，也許她心情會好一些。你就當成是助人為樂，怎麼樣？拜託了。」

勸解夫妻吵架也屬於駐警的職務範圍。

日岡把剛才戴在頭上的安全帽放在機車座位上，拔下鑰匙，放進長褲口袋。

「不好意思，那我就不客氣了。」

日岡跟在大步走進玄關的黑田身後，走進了屋內。

三個人吃素麵時，並沒有特別聊什麼。吃完素麵，日岡正在喝冰麥茶，里子從廚房裡拿了西瓜走出來。

「剛才浸在後山的泉水裡，現在冰得剛剛好，趕快來吃。」

「喔，西瓜熟透了。」

用扇子搧著臉的黑田伸手準備拿托盤上的西瓜，里子好像趕蒼蠅似地用力拍他的手。

「客人先吃啊。」

黑田一臉尷尬地用另一隻手摸著被打了一下的手，日岡慌忙勸解：

「我剛才吃太飽了，等一下再吃。大叔，你先吃。」

「是嗎？」

里子露出一臉遺憾的表情，立刻皺起眉頭看著黑田說：

「那就便宜你了，你就趁冰冰的趕快吃吧。」

黑田遭到明顯的差別待遇，粗暴地抓起一塊西瓜，氣鼓鼓地咬了一口，邊吃邊埋怨說：

「妳再怎麼喜歡駐警先生，也不需要這麼大小眼。當然要善待駐警先生，但也要對自己的老公好一點啊。」

里子聽了黑田的抱怨，露出更加嚴厲的眼神說：

「如果你要這麼說，那我也有話要說。你再怎麼中意『雅』的京子小姐，也該對自己的老婆好一點。」

「雅」是城山町公所附近一家酒店。城山町是離日岡他們生活的中津鄉最近的城鎮，也有幾家有酒店小姐陪酒的酒店，住在這裡的不少男人每個月都要去光顧幾次。日岡記得京子剛從高中畢業，是城山町最年輕的小姐。

黑田自討沒趣地聳了聳肩說：

「我不是說了嗎……昨天晚回家，是因為健治那傢伙喝醉了，一直都沒醒，我根本沒做什麼虧心事。」

「這我知道，我太瞭解你了，你沒有能耐吸引年輕小女生。」

黑田露出訝異的表情。

「既然這樣，妳到底在不爽什麼？」

里子滿臉委屈，轉頭背對著黑田。

「想到你一臉色相，流著口水在那裡傻笑的樣子，就覺得你很沒出息。」

這似乎就是他們夫妻吵架的原因。

「喔。」黑田似乎覺得很有趣，「所以妳在吃醋嗎？」

「誰要吃你的醋——」里子的眼眶紅了起來，加重了說話的語氣，「我是覺得在左鄰右舍面前抬不起頭。」

里子表示黑田讓她很沒面子，黑田忍不住生氣地說：

「妳在鬼扯什麼！不管是淵上還是下屋，或是向江，這一帶的男人誰不去那裡，有什麼好抬不起頭的？」

黑田列舉了附近農家的商號反駁道。

「黑田叔、黑田嬸，有話好好說。」

日岡慌忙勸說著。雖然俗話常說，夫妻吵架，連狗都懶得理會，但身為警察，當看到有人在自己面前吵架，還是不得不勸一下。

「你們的女兒去年出嫁，兒子今年春天也成為出色的自衛官，你們好不容易才開始過清靜的日子，就該好好享受兩人世界啊。而且，黑田嬸——」

日岡看著里子，亮出了最後一張王牌。

「聽說妳年輕時是中津鄉之花，是出了名的美女。」

里子捂著嘴，姿態嬌媚，動作誇張地搖了搖頭，露出了滿面笑容。果然不出日岡所料，她的心情一下子好了起來。

「是誰告訴你這種事？真是難為情。」

「是淵上屋的橫田先生。」

「原來是淵上屋的信二啊。」黑田也得意地插嘴說，「那傢伙以前還曾經寫過情書給她呢。」

黑田指著里子笑著說道。

「你也別說這種陳年往事了——我再去倒新的麥茶。」

里子羞紅了臉，拿著空水壺走向冰箱。

「對了，」她把冰塊放進水壺時回頭說，「我差點忘了，村上屋之前拜託我，如果駐警先生來這裡，要你順便去他家一下。」

村上屋是駐在所附近的畑中家的商號。雖說是附近，但中津鄉駐在所孤伶伶地位在遠離周圍民宅的地方，距離畑中家也有超過一百公尺的距離。畑中家以前是一村之上的村長，所以取了「村上屋」的商號，是淵上屋的親戚，所以里子才想起了這件事。

「畑中先生嗎？」

「沒錯，就是修造。」

修造是畑中家的男主人，頑固不化，個性很不好相處。他父親生前曾經擔任村會議長，修造也擔任了三屆町會議員，聽說他打算下屆進入縣議會。

日岡不知道畑中家找自己有什麼事，也不知道特地請里子轉告的用意。

也許是因為日岡臉上露出了訝異的表情，黑田用手上的扇子對著日岡搧了搧說：

「你不必這麼傷神，我猜想是為了上次車禍的事向你道謝。」

「喔。」日岡終於恍然大悟。

四天前，發生了一起腳踏車和小貨車擦撞的車禍，車禍現場就在日岡今天騎來黑田家的山路上。

那天，形同虛設的勤務時間結束，日岡正在寫當天的日誌時，接到了報案電話。打電話的是里子。日岡一接起電話，里子就語氣慌張地叫了起來：

「車禍，發生車禍了！」

日岡逐一詢問了車禍發生時的狀況，是否造成人員死亡，或是有車輛受損，是否有人受傷，但里子很慌張，在電話中的回答不得要領。日岡覺得與其在電話中浪費時間，還不如立刻趕往現場瞭解情況更迅速，於是就騎著那輛黑機趕往里子說的那條山路。

他很快就找到了現場。

在通往黑田家的山路途中，一輛小貨車停在路旁，駕駛座那一側的車門幾乎碰到了山壁，旁邊倒了一輛腳踏車，似乎是這兩輛車發生了車禍。

日岡把機車停在路旁，檢查了雙方的車輛。小貨車的車身上有輕微刮痕，除此以外，並沒有嚴重的損傷，司機或車上的人應該並沒有受重傷。腳踏車除了龍頭歪了以外，車身也沒有問題。

光看車輛，並不像是足以讓里子那麼慌張的重大車禍，但仍然無法安心。因為汽車是鐵包人，但騎腳踏車是人包鐵，跌倒時稍有不慎，很可能身受重傷。

話說回來，到底是誰發生車禍？

日岡巡視四周，完全不見人影，報案的里子也不在。

他騎上機車，正打算去里子家察看，迎面駛來一輛白色小轎車。車子在日岡面前剎了車，停在路旁。

開車的是里子。里子下車後，跑到日岡面前。

「啊，駐警先生，你這麼快就到了。太好了，我真是急死了，不知道該怎麼辦，正打算去駐在所接你。」

日岡立刻問她：

「有沒有人受傷？」

里子微微偏著頭，然後低吟了一聲，沒有明確回答。

「有是有，但應該不是需要去醫院的程度。對方是棚上屋的兒子，他也嚇壞了，不知道如何是好……」

日岡聽到棚上屋這個商號，得知車禍的當事人之一是多尾芳正。日岡來到這裡之後的第一件事，就是記住了管區內所有的商號和各個商號的家庭成員。

多尾住在中津鄉西側角落，和這一帶大部分家庭一樣，都是靠務農維生。

多尾還是單身，日岡記得他剛滿四十歲，和父母同住，但他父親腿不好，不能開車，他母親只有機車駕照，所以只有芳正開車。

但日岡搞不懂到底撞到了誰，會讓多尾和里子這麼慌張。

「撞到了誰？」

里子這才發現自己還沒有說出另一個人的名字，慌忙皺著眉頭補充說：

「就是村上屋的祥子。」

祥子是中津鄉的名門畑中家的長女。修造好不容易生下了這個掌上明珠，疼愛得含在嘴裡怕化了，捧在手上怕摔了。日岡不難想像多尾的慌張樣子。

聽里子說，今天傍晚，祥子來黑田家。因為她的母親美津子說，做了一些好吃的米糠醬菜，讓她送去黑田家。美津子和里子是高中同學，是多年的好朋友。

畑中家有三個兒女，祥子是么女，上面有兩個哥哥，分別離家就讀廣島和大阪的私立大學，但長子之後應該會回到老家繼承家業。

祥子目前就讀城山町的公立高中，每天要搭一個小時的公車才能到學校。通學很辛苦，畑中家有一個親戚住在城山町，說可以讓祥子住在他們家。

但是修造拒絕了對方的好意。雖然表面上是不願意給對方添麻煩，但其實是擔心寶貝女兒交到不好的朋友。祥子的母親美津子笑著告訴里子。

——我老公整天黏著女兒。

「我拿了點心招待她，謝謝她特地送來，但祥子說她不吃，要回家了。我想開車送她回去，但她說自己騎腳踏車過來，不用送了。但妳也知道，祥子不是很漂亮嗎？雖然太陽還沒有下山，但山路上沒有人，萬一出事就慘了。所以我假裝剛好有事，開車跟在祥子的腳踏車後面，就在祥子回家的路上，多尾的車子撞到了她的腳踏車。」

里子用綁在脖子上的毛巾擦拭著額頭的汗水，向他說明車禍的情況。

從目擊當時狀況的里子的證詞判斷，車禍的原因似乎是祥子造成的。

車禍的地點是視線不良的急轉彎處，而且坡度很陡。祥子騎下坡時速度太快，一下子轉不過來，衝到了道路中央。

「這時，多尾的小貨車迎面駛來。因為是上坡道，所以小貨車的速度並不快，所以總算避開了一下子衝到車前的祥子，如果車子的速度再快一點……」

里子說到這裡，用手臂抱著身體，忍不住抖了一下。

日岡看著車身緊貼山壁的小貨車問：

「小貨車和腳踏車撞到了嗎？」

里子正準備搖頭，但隨即停了下來。

「據我的觀察，在撞到之前，多尾就避開了，所以並沒有撞到，但畢竟是在一眨眼的工夫發生的事，我也沒把握……」

日岡大致瞭解了車禍的狀況，然後問了重點。

「多尾先生和祥子目前人在嗎裡？」

里子轉頭看向後方自己家的方向。

「在我家，因為祥子的膝蓋磨破了，我想趕快為她處理傷口，就讓她坐上我的車。多尾也擔心得六神無主，所以就把他也一起帶回家了，然後馬上打電話去駐在所，在處理好祥子的傷口時才想到，我剛才沒有說明清楚，於是就打算去接你。」

無論如何，祥子的傷似乎並無大礙。

「既然這樣，」日岡邊走回機車邊問：「現在可以去妳家嗎？因為我想向當事人瞭解詳細的情況。」

里子用力點了點頭。

「你跟著我。」

里子說完，跳上了小轎車，動作俐落地調了車頭。

日岡也騎上機車，跟在里子的車後。

到了里子家時，發現她的丈夫站在面向庭院的簷廊上向外張望。也許他聽到了汽車和機車的聲音。

「喔喔，駐警先生，走這裡，你從這裡進來就好！」

他要求日岡不要從玄關進屋，直接走通往起居室的簷廊。日岡聽從了黑田的建議，下了機車之後，筆直走向簷廊。

黑田家和縣北地區的大部分農舍一樣，也是橫向的細長形構造。五坪大的起居室旁是兩間很大的和室，其中一間是佛堂，另一間是婚喪喜慶或舉辦活動時使用的客廳。簷廊連結了這三個房間。

「你踩在那裡上來。」

黑田在說「那裡」時，指著簷廊旁的一塊踏石。

「打擾了。」

日岡在平坦的大石頭上脫了鞋子，走進室內。

多尾和祥子在起居室內。

多尾一看到身穿制服的日岡，用快哭出來的聲音說：

「啊啊，駐警先生。我、闖了大禍……該怎麼……？」

說到這裡，就六神無主地說不下去了。多尾個子瘦矮，當他的身體發抖時，看起來更加瘦弱。

首先必須讓多尾平靜下來，才能向他瞭解正確的情況。

日岡想要說些讓多尾安心的話，但還來不及說出口，回到房間的黑田就搶先開了口。

「多尾，你不用擔心。祥子只是一點擦傷而已，膝蓋也可以彎，走路也沒問題。兩、三天就好了，你不必嚇得臉色發白。」

黑田在榻榻米上坐下後，看著日岡說：

「駐警先生，你也告訴他，不必這麼擔心。」

日岡點了點頭，對多尾說：

「你不必擔心，情況並沒有很嚴重。」

即使日岡這麼說，多尾仍然沒有吭氣，仍然垂著肩膀，低頭看著榻榻米。

里子剛才下車之後，就走去廚房泡茶，此刻端著托盤走進了起居室。她把每個人的茶放在桌上後，在祥子身旁坐了下來。

「駐警先生，你也坐啊，大家先喝杯茶。」

里子在說話時，探頭看著祥子的臉。

身穿水手服的祥子低著頭。

「祥子，妳沒事吧？」

祥子聽了里子的問話，輕輕點了點頭。她的臉色發白。

她的臉原本就很白皙，但今天看起來更加蒼白，並不是因為一頭齊肩的黑髮遮住了臉頰的關係。原本以為只是小車禍，沒想到找來了駐警，她看起來有點不知所措。周圍幾個大人的緊張似乎也影響了她的情緒。

日岡用和平時相同的態度問祥子：

「祥子，妳是不是嚇到了？」

祥子戰戰兢兢地看著日岡，露出求助的眼神。請你不要把事情鬧大——她用眼神對日岡說。

「妳只有腿受傷嗎？」

日岡看著把兩腿伸向旁邊側坐的祥子的腿，她深藍色的百褶裙下露出了一雙美腿，左膝蓋上的繃帶讓人看了於心不忍。

祥子發現日岡看向自己的雙腿，害羞地用裙襬遮住了膝蓋。

「跌倒的時候，膝蓋不小心磨破了，其實只要貼ＯＫ繃就沒問題了，但黑田阿姨幫我包紮了繃帶，其實根本不需要用繃帶。」

黑田在一旁聽了，立刻用責備的口吻對祥子說：

「雖然傷勢不嚴重，但如果傷口被細菌感染，留下疤痕就慘了。在傷口癒合之前，最好都一直包著。」

多尾聽了黑田的話，顫抖了一下抬起頭。里子可能很同情害怕地瞪大雙眼的多尾，在一旁為他解圍說：

「只是擦傷的傷口而已，祥子自己也說沒事，我們也不知道該怎麼辦。更何況也很擔心之後萬一有什麼狀況，所以就為了安全起見，打電話給你報了案。多尾，真的是不幸中的大幸。雖然只是擦傷，但萬一是臉上擦傷，後果就不堪設想。」

里子原本想安慰多尾，他有多幸運，但多尾似乎再度體會到自己躲過了大劫，用像蚊子叫般的聲音嘀咕說：

「真的是這樣。雖說是腿上擦傷，但還是讓修造哥的寶貝女兒受了傷。我已經做好了被臭罵一頓的心理準備，如果真的是傷到了臉，修造哥恐怕會把整座山都掀了，我連門也不敢出了……」

「掀山」是這一帶的方言，代表盛怒之下會掀掉整座山的意思。

祥子可能想到一旦父親知道，自己也會挨罵，肩膀也抖了一下。

大家可能都想像著修造勃然大怒的樣子，起居室內陷入了沉默。

日岡站了起來，努力用開朗的聲音說：

「你們請等一下，我去拿紙筆進來。」

他穿上鞋子後，走去庭院。

日岡從機車後方的行李箱內拿出記事本和筆回到起居室，向多尾和祥子瞭解了車禍當時的狀況。

兩個人說明的情況幾乎一致。正如里子提供的目擊證詞，祥子騎腳踏車時速度太快，衝向道路中央造成了這起車禍。祥子的腳踏車後方碰到了小貨車左前方的車頭燈。雖說是「碰到」，但據兩名當事人的說明，並不是撞到，而是擦到而已。然而，無論是多麼輕微的碰撞，只要有碰撞的事實存在，就是車禍，必須開立車禍證明。

日岡闔起記事本，看著多尾說：

「可以請你和我一起去車禍現場嗎？要簡單勘驗一下現場。」

也許是「勘驗現場」幾個字聽起來很可怕，多尾原本稍微放鬆的表情再度露出了膽怯之色。

「呃……」

祥子誠惶誠恐地開了口。她轉頭看向多尾，用雖然小聲，但很清晰的聲音說：

「我會向爸爸說明情況。我會告訴爸爸，多尾叔叔沒有任何過錯，是我速度太快了，所以請你不要擔心。」

祥子欠身說道。她可能知道大家都覺得她父親很難纏，所以自己也遭人討厭。

「真的很對不起。」

「祥子，妳不需要道歉，趕快把頭抬起來。」

里子試著解圍，但還是無法改變起居室內凝重的氣氛。多尾仍然縮著腦袋，黑田從剛才就一直拿著茶杯，看著天花板。

車禍無法用感情處理，所以沒辦法當場討論到底是哪一方的過錯。

日岡委婉地改變了話題，他問里子：

「有沒有通知祥子的家人？」

里子回過神似地用力點了點。

「打了電話，但沒有人接。」

祥子在一旁說明了情況。

「他們應該去城山買東西了，今天早上聽他們這麼說。」

日岡點了點頭，再度看著里子說：

「黑田嬸，有一件事想拜託妳。妳可不可以帶祥子去佐藤先生的診所？」

坐在里子身旁的黑田訝異地問：

「她的傷勢要去醫院嗎？」

日岡看著黑田，揚起嘴角說：

「只是以防萬一。我也認為傷勢並不嚴重，不需要去醫院，但有可能晚一點會開始疼痛。雖然目前還不知道這起車禍的責任比例，但如果多尾先生支付了醫藥費，應該可以申請第三人責任險理賠，到時候就需要警方開立的車禍證明和醫師的診斷書，所以是為了那時候做準備。」

里子點了點頭，表示理解。

黑田似乎想要緩和氣氛，大聲地說：

「還真是麻煩啊，在我小時候，這點小傷擦點尿就解決了——啊，不是擦尿，是擦口水。」

祥子聽了黑田的玩笑話，捂著嘴輕輕笑了起來。祥子的笑容讓起居室的氣氛稍微開朗了一些。

「那就拜託各位了。」

日岡從榻榻米上站了起來，黑田叫多尾坐他的車子，他似乎打算送多尾去車禍現場。

「祥子，那我們也走吧。」

里子伸手牽準備從榻榻米上站起來的祥子。祥子的膝蓋綁了繃帶，所以活動不太自如，微微起身時有點重心不穩。日岡看到祥子快跌倒了，立刻抓住了她的手臂，往自己的方向一拉，順利扶住了她。

祥子站穩之後，瞥了日岡一眼，立刻移開了視線。

日岡吃完素麵，向里子道謝後在簷廊穿鞋子時，站在他身後的里子問：

「你現在去村上屋嗎？」

日岡站起來之後轉過頭，對著里子點頭說：

「還要順便討論夏季廟會的事。」

本地的廟會將在一個月之後舉行。

廟會時，居民都會聚集在這一帶唯一的神社向神明祈求豐收，喝酒慶祝。在神社舉行夏季廟會時，城鎮上的店家也會來設攤，町會議員畑中是廟會的總召集人。日岡必須向他確認廟會的流程，說明預防犯罪的措施。

「那我通知修造，駐警先生等一下會去找他。」

黑田在里子身旁意味深長地笑了起來。

「美津子也真辛苦，駐警先生這麼重要，她可不能有什麼閃失。」

里子戳了戳丈夫的側腹，提醒他不要亂說話。黑田可能覺得自己說得太白了，慌忙補充說：

「不，我沒有別的意思。村上屋向來都對駐警很親切，他們家離駐在所那麼近，這也是理所當然的事。」

他獨自點著頭，露齒笑了起來。

黑田的辯解反而強調了畑中的意圖，附近居民應該都知道這件事。日岡內心忍不住咂著嘴。里子一臉無奈地對有話藏不住的笨拙丈夫搖了搖頭。黑田可能想要化解眼前的尷尬，突然改變了話題。

「對了，我聽說高爾夫球場的工程又要重新開始了。」

日岡驚訝地問：

「高爾夫球場？是橫手的那個嗎？」

橫手是錦秋湖畔某個地區的地名。錦秋湖是賞紅葉的名勝，也可以說是中津鄉唯一的觀光勝地。

「沒錯沒錯，」黑田點頭說：「四天山的東側，不是有一座建到一半的高爾夫球場嗎？聽說那裡的工程又要重新動工了。」

日岡記得來駐在所就任後，曾經聽居民聊過這件事。因為他發現縣道旁的四天山有一部分山壁被剷平了，採伐樹木的狀況也很不自然，於是就向居民打聽。一問之下才知道，原來那裡是高爾夫球場的預定地。開發高爾夫球場的開發商倒閉後，四、五年來一直荒廢在那裡。

日岡沒有聽說一度停擺的計畫又將重新動工這件事。他這麼告訴黑田，黑田露出得意的笑容說：

「我是聽公所的朋友說的，聽說九州的一家不動產公司買下了那片土地，要正式開發成飯店還是什麼。」

一旁的里子也興奮地說：

「那裡離中國高速公路也很近，聽說以後還會在廣島和島根之間建高速公路。一旦建了高爾夫球場，這一帶也會慢慢熱鬧起來，所以這裡的人都很期待。」

「是嗎？我完全沒聽說。」

日岡說完，再度向黑田夫婦鞠了一躬。

「如果有什麼問題，歡迎隨時和我聯絡。」

日岡在黑田夫婦的目送下離開了。

日岡騎機車前往畑中家時，內心感受著無處宣洩的焦躁。

他並不在意哪一家建設公司買下了那塊地，或是哪裡的公所核准，但自己不知道這裡大部分人都知道的事，這一點讓他感到不安。他來到中津鄉的駐在所已經一年多，居民仍然把他當成外人。

當然也有人因為私人意圖想方設法接近他。

那就是畑中修造。

修造總是用各種理由派祥子去駐在所，十之八九都是送一些農田裡採收的蔬菜，或是美津子做的菜，但有時候還會送一些高級的酒。日岡鄭重婉拒了昂貴的蘇格蘭酒，但不知道修造是否事先吩咐，即使日岡拒絕，也一定要把酒送出去，所以祥子總是一臉為難地站在駐在所內。

日岡不忍心看到祥子為難的樣子，最後只好收下來，但也瞭解到修造送禮的目的並非只是出於關心而已。

鄉下雖然看起來地方大，但終究是個小社會，日岡漸漸也聽說了修造把日岡視為祥子的結婚對象這件事。

畑中家是這一帶遠近馳名的富農，附近農家的兒子當然配不上他家的女兒，但如果是從廣島大學畢業的公務員當女婿就很不錯。最重要的是，一旦他們結了婚，女兒就可以一輩子留在身邊。正因為修造有這種盤算，所以一直找機會差遣祥子去駐在所，試圖讓他們兩個人培養感情——

在特定郵局工作的八代勇作和修造是從小一起長大的老同學，他偷偷把這件事告訴了日岡。警察經常調動工作，日岡不可能一直留在目前的駐在所，但是，修造似乎認為只要運用自己的人脈關係，就可以做到這一點。

當日岡去向修造道謝，說一直收他的禮物很不好意思時，修造說有一事相求。如果真的覺得不好意思，希望你可以輔導祥子的功課，可以利用下班之後有空的時間為祥子補習。這番話證實了八代告訴日岡的事。

一旦拒絕，彼此心裡都會有疙瘩，日岡在這裡的日子就會很不好過，工作也會受到影響。日岡雖然很不願意，但還是接受了修造的提議。從半年前開始，他每個星期去畑中家輔導祥子功課。

不知道祥子對父親的意圖有什麼想法，因為她向來不太表達內心的感情，無論喜怒哀樂，都只是稍微改變嘴角的表情而已。

日岡猜不透她究竟是不知道父親的意圖而聽從父親的話，還是在瞭解的基礎上這麼做。

總而言之，日岡目前內心並沒有接受女人的位置。目前只有一個人占據了他的內心，那就是國光寬郎。

日岡的腦海中想起國光在黑暗中發亮的眼神。

從上次在志乃遇見國光至今，已經過了兩個月。

那天離開志乃之後，日岡直接回到中津鄉，並沒有向之前任職的轄區警局報告通緝犯國光的下落。

他這麼做的原因，就是國光說的那句話。

——我還有事情要處理，但是，等我搞定之後，一定讓你親手為我銬上手銬。我向你保證。

因為他想知道，奪走了日本最大黑道幫派老大性命的這個男人到底還想處理什麼事。

——反正早晚還會見到國光。

離開志乃，在夜色中騎機車回比場郡的路上，日岡這麼想。這並不是希望或是推測，而是沒來由的確信，所以他認為到時候再向轄區警局報告國光的下落也不遲。

沒錯，之後再報告也不遲。

日岡再度這麼告訴自己，騎車前往畑中家。

從黑田家出發，必須先經過駐在所，才能到畑中家。

當他騎過駐在所，正打算直接去畑中家時，發現駐在所旁的空地上停了一輛車。那是一輛銀色越野車，一看就知道是排氣量很大的大型越野車。之前從來不曾在這一帶看過這輛車。

難道是外來客有什麼事來駐在所嗎？

日岡在去畑中家之前，把機車停在駐在所前。去畑中家並不是急事，瞭解眼前這輛陌生的車子停在駐在所旁的原因更重要。

日岡脫下安全帽，下了機車後，走向那輛車子。

所有的車窗都貼了深色隔熱紙，完全看不到車內的情況。

他繞去正面，正打算開口時，後車座的車門緩緩打開。

日岡看到出現在車身和車門縫隙中的那張臉時，忍不住倒吸了一口氣。是國光。

他戴著上次在志乃見面時同一副墨鏡。

國光走下車，張開雙腳，微微蹲下身體。

「請問你是這裡的駐警嗎？」

三個年輕男人也跟著下了車，應該是擔任保鑣的義誠聯合會的人。他們站在國光身後，也跟著蹲下身體。

國光用一隻手推了推鼻樑上的墨鏡，雙手放在腿上，鞠了一躬。身後幾個年輕人也跟著鞠躬。

「我姓吉岡，是橫手高爾夫球場的工地負責人。我想在開工之前，來拜訪一下這裡的駐警。」

兩個月前，他親口承認自己就是遭到通緝的國光，在這裡打算用假名字嗎？

國光抬起頭，看著日岡，露出了無敵的笑容。

「請多指教——」

日岡洗完澡後，從冰箱裡拿出冰塊放進杯子，把水壺裡的麥茶倒進杯子，一口氣喝完了。

他把空杯子放在流理台內走回客廳，站在牆上的月曆前。

拿起放在電視上的簽字筆，在今天的日期——七月二十七日上打了一個叉。這是他來到這裡的駐在所後養成的習慣，但每次寫上叉號時，就覺得自己很像掐指計算出獄日期的囚犯。

他放下筆，只穿了一件內褲坐在矮桌前，在一直開著的電風扇前伸直兩腿。

鄉下地方的夜晚格外安靜，沒有打開電視和收音機的房間內，只聽到蛙鳴聲和鐘擺的聲音。

日岡感受著電風扇的風，目不轉睛地注視著半空。

他凝望著遠方，鐘擺的聲音聽起來格外刺耳。

——滴答、滴答、滴答。

有規律的鐘擺聲就像在耳朵旁響起般特別大聲。

日岡用掛在脖子上的毛巾胡亂地擦了擦額頭上的汗水，走向隔壁兩坪多大的房間，打開放在那裡的置物櫃。置物櫃內放著制服、防護衣等警用物品，他拿了掛在門內側鉤子上的鑰匙，再度走回了客廳。

他站在壁櫥前，打開紙拉門。裡面有一個防火保險櫃，有密碼和鑰匙兩道鎖。

他用鑰匙和密碼打開了鎖，打開了保險櫃的門。保險櫃內放著手槍和對講機。

日岡拿出手槍後，關上了保險櫃的門。這把三十八口徑的雙動擊發左輪手槍是小型的防護槍，是S&W將360型按照日本要求改變設計的SAKURA。

日岡坐在矮桌前，把脖子上的毛巾放在榻榻米上，然後再把手槍放在上面。

他去電視櫃下方拿來了螺絲起子、矽膠噴霧和棉花棒，在榻榻米上坐下之後，拿起了手槍。

打開彈匣，確認裡面沒有子彈。

他用螺絲起子拆開了槍身側面的螺絲，把彈匣拿了下來。

他把彈匣中心的退殼桿轉向順時針方向，把吊桿拿了下來，取出裡面的彈簧，放在毛巾上。

他在蒼白的日光燈下默默拆手槍。

他在當上警察後不久，就拿到了能夠拆手槍的手槍證照。當時並沒有特別的理由，只是覺得有這張證照沒什麼損失，那就去考一下。

通常手槍只要每年保養兩、三次就足夠了，但日岡來到中津鄉之後，每週都會保養一次。

在這裡，當然從來沒有機會使用手槍，他相信在這裡期間，應該也不會用到。雖然根本沒有必要每週保養一次，但他內心的某些東西促使他這麼做。

他拆下槍把，打開外側的側蓋。

他把精密的槍械零件放在毛巾上，用棉花棒逐一保養，必要的零件用矽膠噴霧上油。

保養完所有的零件後，再把拆開的各個部分重新組裝。

在這個過程中，日岡在裝扳機的時候最小心。因為每個人扣扳機的力道不同，他會在多次些微調整後，找到自己最順手的感覺。

組裝完成後，他用雙手舉起了槍。

他把槍對準了剛才放在流理台的空杯子。

把手指放在扳機上瞄準。

他瞪著槍口瞄準的杯子，杯子外側積著水滴。

日岡注視著杯子時，在杯子上看到了白天出現在他面前的國光。

額頭上再度冒著汗。

——滴答、滴答、滴答。

時鐘的聲音在耳朵深處響起。

他瞪著國光的臉。

放在扳機上的手指用力。

——滴答、滴答、滴答。

額頭的汗水流向太陽穴。

他扣下了扳機。

杯子裡的冰塊掉落，發出了答啷的聲音。

日岡把黑機停在停車場後熄了引擎，取下安全帽，下了機車，解開綁在脖子上的毛巾，用雙手擦拭頭髮好幾次。毛巾吸了很多水分，幾乎全都濕了，簡直就像剛洗完頭。

泥土地的停車場內停著砂石車和廂型車，有四輛十噸的大砂石車，還有八輛十人座的大型廂型車。

停車場左側有三棟兩層樓的組合屋，那是工人在工程期間住的宿舍。

他站在遠處，從大窗戶向屋內張望。組合屋內沒有人，現在是下午兩點多，工人應該都在現場工作。

日岡聽著蟬鳴聲巡視四周，聽到遠處傳來巨大的金屬聲。電動鏈鋸機的聲音在山谷產生了回音，變成了更刺耳的巨響。日岡走向聲音傳來的方向。

日岡在巡邏時來到位在橫手地區的高爾夫場預定地，就是黑田之前告訴他，一度停擺的工地現場。剛才去橫手旁的水又地區時，聽居民說，這裡幾天前又開始動工了。

工地現場用鍍鉛的安全鋼板圍了起來。雖說圍了起來，但並不是把十八個洞的整個高爾夫球場全都圍起來，只是圍起從砂石車出入的大門兩側，一直到砍倒樹木的區域，目測單側大約兩百公尺左右。

出入口的大門設置了蛇腹式門板，每天工地下班後就會關上，但目前正在施工，所以全都敞開著。

日岡來到大門前，在安全鋼板後方向內張望。

正在施工的高爾夫球場連三分之一都沒有完成。餐廳和淋浴室所在的俱樂部已經峻工，但也只有俱樂部算是大致完成。因為目前只完成了結構部分，從窗戶向裡面張望，發現裡面還是空的，水電設備和內部裝潢可能之後才會陸續完成。

關鍵的球場部分，第一洞和第二洞已經整地完成，但第三洞之後還是完全沒有動工的狀態。高爾夫球場利用了錦秋湖周圍四天山山麓的部分，在建設過程中，必須砍掉大量樹木，但目前山麓仍然有許多樹木。

砍伐機就像剃頭一樣，正在砍倒第三洞周圍的樹木，但恐怕這項作業會耗費相當長的時間。四天山多年來都是原始森林，大部分樹木的樹齡應該都超過一百年，砍伐數百、數千棵粗大的樹木就已經不輕鬆了，在砍樹之後，還要把在地面深處紮根的樹根挖起來，會耗費更多工夫，所以挖土機正一次又一次地在砍倒樹木的地面挖掘。

日岡站在原地轉過頭，看向停車場。

停車場內，有三輛轎車停在和工地用的砂石車、廂型車相對的另一側，好像在和那些車子對峙。三輛都是和工地現場格格不入的高級車，最前面的是一輛黑色賓士，旁邊是一輛皇冠，從日岡的位置看過去的最後方，就是國光之前坐的那輛銀色越野車。

日岡看著在烈日下閃閃發亮的車身，回想起一個星期前的事。就是國光來駐在所時的情景。

國光若無其事地用假名字打招呼時，背後站了三個年輕男人。日岡認得那三個男人。其中一個是之前在志乃時，跟在國光身後的保鑣，另外兩個人很像日岡在駐在所時每天看到的臉。

駐在所門外的佈告欄上貼著通緝令，希望藉此蒐集到更多逃亡嫌犯的線索。明石組第四代組長槍殺事件嫌犯的照片出現在佈告欄正中央最明顯的位置。實際動手暗殺的心和會淺生組太子富士亨見等四名淺生組成員出現在左側，右側是在背後策劃暗殺行動的國光，和兩名義誠聯合會的成員。富士見和國光的照片比其他人大一點五倍，每張照片下方都寫著他們的罪嫌、姓名、生日和身高。

通緝令張貼的期間取決於事件的重要性。犯下無差別殺人等死刑案，由警察廳指定的特別通緝嫌犯，必須等到時效完成之後才會取下，其他嫌犯會視嫌疑的輕重，逐漸被新的通緝令代替。國光等人的嫌疑雖然不是殺人，而是協助殺人，卻被警察廳指定為重要通緝犯。雖然遭到殺害的是黑道兄弟，但國光等人協助殺害了三個人，身為主謀的國光很可能被檢察官求處死刑。在逮捕歸案或確認死亡之前，他們的通緝令應該都不會從各分局的佈告欄上消失。

和國光一樣，義誠聯合會成員之一的高地庸一，也涉及協助殺人的嫌疑遭到通緝，他今年三十四歲。另一人是井戶敬士，二十七歲。根據通緝令所附的偵查資料，高地在義誠聯合會內是幹部，擔任會長的秘書，曾經犯下傷害、違反刀槍法等三項前科。井戶也跟在會長身旁，但他並不是幹部，只是幫眾而已，但也犯下了違反刀槍法和公正證書原本不實記載等兩項前科。

那天，國光等人離開之後，日岡在腦海中比對了剛才見到的那兩個人，和高地、井戶在通緝令上的照片。

在國光身後瞪著日岡的三個人雖然藉由改變髮型，戴上帽子，或是戴上沒有度數的眼鏡試圖變裝，但其中兩人絕對就是遭到通緝的高地和井戶。

一百六十七公分的高地和一百八十二公分的井戶站在一起，只要看一眼就令人印象深刻。國光應該帶著兩名同樣遭到通緝的下屬，和其他幾名保鑣逃亡。

日岡衝出駐在所，騎上了剛才騎回來的機車。

國光等人選擇了這片土地作為逃亡地點，躲避警方的追緝。

這一帶的居民不會來駐在所看貼在佈告欄上的通緝海報，他們應該不會想到震驚社會命案的通緝犯會逃來這種偏僻的鄉下地方。在這片平靜的土地上，所謂的「事件」就是喝醉酒打架而已，社會上發生重大事件感覺就像遙遠的異國發生的事，完全缺乏現實味。

但是，這並不代表鄉下地方是通緝犯的天堂。

住在鄉下的人彼此都認識，一旦有陌生人搬來這裡，一定會立刻發現。但是，如果是大型工地現場的工人，情況就不一樣了。即使有陌生人出現，也不會引起任何人的懷疑。

而且，國光是工地現場負責人。既然由通緝犯管理工地現場，就可以找自己人來當工人，也就能夠掌控工程中的核心人物。相信很多在那個工地工作的工人即使不知道是國光本人，也知道是和黑道有關的土地。對通緝犯來說，簡直就是打著燈籠也難找的潛伏地。

正岡正打算旋轉緊握的油門時，國光對他說的話就像暴風雨中的警笛般在腦海中響起。

——我還有事情要處理。

日岡想起國光當時下定決心的眼神。

國光潛伏在這種鄉下地方，並不光是不想被警方逮捕去吃牢飯，而是還有未完成的事情。

國光明知道日岡是警察，卻主動告知自己是通緝犯，甚至讓日岡看到了他的臉。如果不想被逮，不可能主動報上姓名，出現在日岡面前。國光為什麼要這麼大費周章地躲避警察？

——國光到底有什麼目的？

這時，後山傳來烏鴉的尖叫聲。日岡發現夏日的暮色漸漸逼近。青蛙開始在農田中引吭高歌，取代了白天蟬兒旁若無人的鳴叫。

日岡看向工地現場所在的橫手方向。雖然太陽還沒有下山，但四天山的山麓一帶已經籠罩在暮色中。

即使現在獨自前往工地現場也無濟於事。自己會被國光的保鑣擋在門外，國光等人應該會在今晚馬上離開這裡。如此一來，就等於眼睜睜地看著闖進自己地盤的獵物逃走，根本無法得知國光真正的目的。反正自己已經知道對方的落腳處，在緊要關頭，可以請求縣警四課和轄區分局支援，把他們一網打盡。

——再稍微觀察一下。

日岡下了黑機。

日岡離開停車場入口，走向工地內的組合屋。

他走向三棟組合屋中最左側那一棟。那棟組合屋外貼著「中津鄉高爾夫鄉村俱樂部建設辦公室」的牌子。

打開裝了紗窗的拉門，立刻看到左側有兩張辦公桌，其中一張空著，另一張辦公桌前坐了一個女人。年紀大約五十多歲，擦著和年齡不相符的鮮紅色口紅，尺寸不合的制服裹著滿是贅肉的身體。只要稍不留神，釦子好像就會飛掉的胸前掛著寫了「木村」這個名字的名牌。

女人看到身穿制服的日岡，驚訝地瞪大了眼睛。

「啊喲，警察先生，請問你有什麼事嗎？」

她說話時一口本地話，應該是本地居民。

日岡回答說，他是負責中津鄉地區的駐警。

「今天剛好來這一帶巡邏，所以順便來看看開始動工的工地現場。」

日岡用事先想好的說詞說明了來意。

如果縣警得知國光等人潛伏在中津鄉，日岡卻沒有發現逃犯逃到自己的管區內，就會被蓋上無能的烙印。但如果事後被人發現他在不是來這一帶巡邏的日子特地跑來工地現場，可能就會懷疑他明知國光等人躲藏在這裡，卻知情不報。日岡之前和高層作對，原本就已經被高層盯上了，一旦發現他有越矩行為，就會遭到懲戒處分，甚至可能被迫主動辭職。

於是，日岡決定謹慎行事，到時候就聲稱自己毫不知情。雖然他之前就想來這裡瞭解情況，但顧慮到這個原因，所以一直等到來橫手地區巡邏的日子。

日岡不經意地打量著組合屋內部。

組合屋內部的空間比教室稍大，一進門就是接待櫃檯，後方是接待客人的空間，還有一個簡單的廚房，二樓應該是食堂。目前除了木村以外，並沒有其他人。

「那真是辛苦了。」

木村聽日岡說明來意後，微微欠身說道。她闔起了筆記本，把手上的扇子放在桌上。

「外面很熱吧？趕快坐下來涼快些，只不過這裡也沒有冷氣。」

木村露出金牙笑了起來。

「那就吹一下電風扇——我來倒冰麥茶。」

「不好意思，那我就不客氣了。」

日岡聽從木村的建議，在為訪客準備的沙發上坐了下來。裝在牆上的電風扇悠然地轉頭送風。

日岡看向屋外，但並沒有人走進來。如果國光現在走進來——這麼一想，心情就無法平靜。如果真的發生這種情況，就像國光之前去駐在所時一樣，這次由日岡演出一齣蹩腳的戲碼。國光應該也會全力配合。

木村從廚房的冰箱拿出了玻璃茶壺，日岡問她：

「請問有幾名事務員在這裡工作？」

「除了我以外，還有另外兩個人，分別是長島太太和野澤太太，我們都是從城山町來這裡上班。」

聽木村說，這裡除了從早上八點半到傍晚五點半處理事務工作的事務員以外，還有兩名輪流為工人做飯的炊事員。

「炊事員只要早上和傍晚來這裡就好，在準備早餐的同時，一起煮好午餐。」

木村把倒在杯子裡的麥茶放在日岡面前，在茶几對面的沙發上坐了下來。

「這裡很熱，再加上要洗許多人的碗盤很累，除此以外，就沒有任何傷腦筋的事。唯一的煩惱，應該就是有時候聽不懂那些工人說的話。不過，他們應該也聽不懂我們說的話，所以也沒什麼好抱怨的。」

木村笑了起來，似乎覺得很滑稽。

聽不懂工人說的話是什麼意思？日岡忍不住問。木村回答說，是方言的問題，這裡的工人幾乎都來自九州。

「我不知道他們說的是博多話還是鹿兒島話，反正他們都說那裡的話，有時候真的聽不懂。如果只是語尾不同，還可以勉強聽懂，但即使他們說『魯力』，起初真的不知道就是感謝的意思。」

九州的方言——日岡內心的一切都有了答案。

日岡平時向來不看週刊雜誌，但有一段時間，每個星期都會購買某本雜誌。一名在電視節目中擔任評論員的記者在《娛樂週刊》上，分五次報導了明石組和心和會的火拼事件，連載的標題是「史上最惡質的幫派火拼」，揭露了黑道幫派圍繞明石組第四代組長武田暗殺事件的內幕。日岡每個星期都會去中津鄉地區唯一販售週刊雜誌的商店，購買晚一天才會送到的這本週刊。

這篇報導中提到，被視為暗殺武田組長主謀的國光，從熊本監獄出獄後認識了一名董事長，才能夠順利漂白，累積了大量財富。在報導中簡稱為S的董事長是以西日本為中心，經營各方面事業的企業家，主要經營營造業和不動產業。

工地現場的門口掛著工地相關資訊的牌子，在施工者欄內寫著「坂牧建設株式會社」。

坂牧建設是西日本知名的大型營造商，領導坂牧集團的董事長坂牧是白手起家的知名成功企業家，之前就聽說他和黑道往來密切。日岡以前曾經在電視的紀實節目中，看過坂牧的前半生傳，節目中提到坂牧在負責工地現場時，即使遇到黑道也毫不退縮的故事。和國光關係密切的老闆S絕對就是坂牧，他把這個工地交給遭到警方通緝的國光，就是最好的證明。

木村看到日岡沉默不語，似乎以為是別的原因，用開朗的聲音安慰他說：

「不會有任何問題，這裡沒有任何值得擔心的事。當初聽說這裡要建造高爾夫球場時遭到各方的反對，說什麼草皮施肥會影響自然環境，山上有保育類鷲的巢穴，所以不能砍樹。即使後來談判成功，開始動工之後，也有人跑來工地現場丟牛糞，或是把狸子的屍體丟在辦公室門口，做了很多搗亂的事。結果工地真的停工之後，大家都傻眼了。因為沒有人再付錢打點他們，這也是理所當然的事。」

木村說到這裡，嘆了一口氣，既像是表示輕蔑，又像是覺得很受不了。

「這裡的人汲取了當時的教訓，所以不會傻瓜會再對工地重新動工表示反對。駐警先生，你不必擔心會有人搗亂，然後引發什麼糾紛。雖然每個人都說得冠冕堂皇，但骨子裡都愛錢。」

建造高爾夫球場都會遭到反對，但日岡完全不知道比場郡也曾經發生有人搗亂的類似糾紛。這次工地重新開始動工，應該仍然會有人表示反對，只是也許不再像上次那麼激烈，但之所以沒有聽到有人大力反對，八成是坂牧建設花錢搞定了反對運動。正如木村所說，全天下的人都愛錢。

日岡假裝不經意地試探了一下。

「對了，這個工地的負責人，我記得叫……」

日岡故意看著半空，假裝在回想。木村立刻接了下去。

「是吉岡先生，吉岡寬之先生。」

國光果然打算在這裡用吉岡這個姓氏。

日岡立刻附和說：

「沒錯沒錯，就是吉岡先生，吉岡先生的手下，應該還有三個負責管理工地的人吧？」

木村用力點頭。

「最年輕的是川瀨先生，戴眼鏡的是內藤先生，三個人中，年紀最大的是角田先生。」

川瀨就是那個保鑣，戴眼鏡的內藤是井戶，角田就是高地。

「他們都是九州人嗎？」

日岡故意這麼問。

「不是，他們應該都是關西人，因為他們說關西話。」

「這樣啊。」

日岡故意用驚訝的語氣回答。

「但是，」木村一臉佩服的表情說：「雖然他們看起來很兇，但其實都是好人。」

「好人？」

日岡忍不住反問。

木村露出柔和的笑容說：

「他們都很有禮貌，看到我們也都會打招呼。來辦公室的時候，也經常帶吃的、喝的給我們。昨天還給了我們很難得一見的糕點，說是英國還是法國的點心，是這一帶買不到的高級貨，我們幾個女人都很開心。他們很大方，也懂得關心別人，真的都是好人。」

他們想要籠絡這幾個本地的事務員嗎？還是只是心血來潮？無論如何，木村已經完全被國光他們收買了。

木村臉頰泛著紅暈，好像在談論自己心儀的男人般繼續說了下去。

「就連外面的廁所也都是吉岡先生他們負責清掃，而且他們每天都打掃。」

工地現場設置了提供給工人使用的簡易廁所，國光等人打掃廁所嗎？日岡很驚訝。

「每天嗎？」

木村得意地說：

「對啊，而且不是隨便掃一下，而是打掃得一乾二淨，我認識的所有女人都沒辦法打掃得像他們那樣乾淨。像我媳婦打掃時都很偷懶，真希望她可以好好學學人家。」

「為什麼工地負責人要掃廁所？」

日岡坦率地問了內心的疑問。木村似乎也感到不解，微微偏著頭思考起來。

「我也不太清楚，他們說自己很會打掃廁所，已經養成了習慣，搞不好以前打工時，就是專門打掃廁所。」

木村說完，呵呵笑了起來。

日岡之前曾經聽說，小弟住在組長家裡當跟班，或是守在辦公室時，除了打掃房間，還要徹底打掃從玄關到廁所的每個角落。國光他們說的習慣，應該就是當時養成的。

日岡看向門口的同時問木村：

「吉岡先生他們通常不會在這個時間來這裡嗎？」

「是啊。」木村回答：「他們只有在工地上班前和下班後來這裡，白天的時候都會出門。」

雖然木村說他們出門，但國光他們開的那輛越野車停在停車場。這一帶的交通很不方便，沒有車子或機車簡直寸步難行。他們把車子留在這裡，到底去了哪裡？

日岡向木村打聽他們的去向，木村之前都欣然回答，但也許對日岡連續發問感到疲累了，所以態度漸漸有點冷淡。

「這我就不知道了，我只是來這裡打工的事務員。」

今天似乎問不到更多情況了，而且惹惱了事務員沒好處。雖然不知道國光逃亡的真正目的，但至少知道了把他們送來這裡的後台。今天有這些收穫就足夠了。

日岡喝完木村倒給他的麥茶後，從沙發上站了起來。

「麥茶很好喝，謝謝招待。」

日岡走向門口時，木村用無憂無慮的聲音說：

「我會轉告吉岡先生，駐警先生來過這裡。」

日岡微微欠了欠身，默默反手關上了紗門。

日岡離開了高爾夫球場預定地，又去原本安排好的幾戶人家巡邏後，騎機車回駐在所。雖然已是傍晚，但他感受著仍然殘留著熱氣的風，回想起木村的話。

——雖然他們看起來很兇，但其實都是好人。

日岡忍不住苦笑。

木村和其他在宿舍工作的事務員做夢都不會想到，國光和他身邊的那些人都是黑道幫派分子，更是協助暗殺明石組組長遭到全國通緝的重刑犯，一旦知道，恐怕會嚇到腿軟。日岡光是想像那個畫面，就忍不住笑起來。

人的眼睛看到的善惡都很膚淺，往往會因為一個人很親切，送自己禮物，或是愛護動物，就輕易認為對方是「好人」，但事實上並不一定是這樣。餵食流浪貓，看起來心地很善良的男人可能是罪犯；看起來忠厚老實的同事，可能是會對家人拳打腳踢的家暴者，這種案例不勝枚舉。木村和其他事務員看到黑道兄弟國光和他的手下很有禮貌，也待人親切，就相信他們是「好人」，可見她們是不懂得懷疑他人的幸福族群。

日岡回想起之前國光去駐在所時臉上的表情，國光的眼神目中無人，或者說充滿了沒有絲毫猶豫的自信。

國光曾經說，當他被抓時，一定會讓日岡親手為他銬上手銬。到底該怎麼理解這句話？

日岡至今仍然想不透。

大部分黑道兄弟都靠得過且過的謊言過日子，黑道幫派就是貪圖錢財和慾望的犯罪集團，黑道兄弟整天只想吃美食，喝好酒，開好車，摟美女，為了達到這個目的，不要說欺壓普通老百姓，甚至連家人也不放過。雖然他們滿嘴仁義道德、俠義精神，但都只是說說而已，其實滿腦子都是自私的想法。

但也有極少數貫徹仁義的老派黑道兄弟，像是尾谷組的第一代組長尾谷憲次、尾谷組的第二代組長一之瀨守孝，就是這種類型的兄弟。尾谷和一之瀨貫徹自己的原則，認為造成普通百姓的困擾是最大的恥辱。他們才是真正的老派黑道兄弟。

無論欺壓普通百姓的黑道，還是堅持自己的原則，不給普通百姓添麻煩的黑道都是幫派分子，幫派分子終究是社會的狗屎，只不過同樣是狗屎，有些狗屎只是社會的汙垢，但有些可以成為堆肥。

——國光到底是哪一種狗屎？

日岡難以預測。國光是策劃殺害日本最大黑道幫派首腦的主謀，姑且不論他在想什麼，但這個人的膽識絕對相當驚人。

來到駐在所附近時，看到有人在河邊甩著魚竿釣魚。這條河有一大半是淺灘，但流速緩慢、河道彎曲的地方水很深，形成了深潭。釣魚的人穿著及胸的涉水褲，腰部以下都浸在水裡，在水面上垂釣。

日岡停下機車，看著釣魚的人。

河面反射了西斜的陽光，閃著白色亮光。釣魚人站在逆光中，看起來像剪影。

日岡瞇起眼睛。

找到真正的黑道兄弟不是一件容易的事，但只能睜大眼睛仔細看。一定要睜大眼睛看清楚，這是唯一的方法。

在瞭解國光的企圖之前，一定要像水蛭一樣吸住不放。如果發現他只是社會汙垢的狗屎，就立刻請求支援，把所有人都一網打盡，到時候，國光身為黑道的人生也同時落幕，日岡可以重回引人注目的崗位。

日岡轉動油門，機車駛了出去。

隔天，日岡下班後寫完日誌，從工作地點的辦公室走到後方的居住空間。

平時下班後，他都會躺在榻榻米上抽著菸，打開根本不會看的電視，但今天換了在家裡穿的運動衣後，立刻走去廚房洗別人送他的香魚。

傍晚的時候，住在附近的宮本茂帶了五尾裝在加了冰塊塑膠袋裡的香魚來送他。宮本在城山町公所上班，今天是星期六，他釣了一整天香魚，戰果豐碩，他們一家四口吃不完，所以拿來送給日岡。

無論蔬菜還是魚，鮮度都很重要，所以日岡打算趁新鮮時抹鹽烤來吃。

當他把油亮亮的香魚放在砧板上時，聽到有車子停在駐在所旁停車場的聲音。

日岡想起國光曾經坐著小弟開的越野車來這裡，所以穿上拖鞋，衝出門外。

一看到停車場的那輛車，日岡發出了既失望，又鬆了一口氣的嘆息。一輛白色豐田Estima停在草都已經禿掉的草地上。

車門打開，一個男人從副駕駛座上探出頭。

「嗨，好久不見。」

日岡大吃一驚。

那個人是唐津，是日岡之前在吳原東分局時的前輩。

唐津和以前一樣，露出含蓄的笑容後，下車走向日岡，手上拿了一大瓶日本酒。

「你這是什麼表情？我可不是幽靈，還是說這麼久沒見面，你就忘了我這個前輩的臉嗎？」

離開吳原至今有一年半時間都沒和唐津見面了。

日岡雙手貼在身體兩側，用力鞠了一躬說：

「好久不見，我沒忘記前輩的臉，只是太突然了，我嚇了一跳。」

日岡抬起頭，唐津笑著拍了拍他的肩膀。

「你還是像以前這麼老實。」

「你怎麼會突然來這種鄉下地方？」

日岡問唐津來這裡的理由，唐津轉頭看向Estima的駕駛座。駕駛座上坐了一個女人，看起來不到四十歲。她和日岡視線交會時，握著方向盤，微微欠了欠身。日岡也鞠了一躬。

「那是我老婆，孩子放暑假了，偶爾也要陪陪家人，所以大家一起來露營。就是去橫手的錦秋湖，今天晚上要在那裡搭帳篷住一晚。」

錦秋湖畔有町營的露營場，因為一年四季都可以欣賞到美麗的風景，所以有不少人去那裡露營，尤其是夏天，很多人都攜家帶眷在那裡露營。

「你等一下有事嗎？」

唐津仍然露出含蓄的笑容問。

「沒有，」日岡在回答時，看向廚房的方向，「我沒事，只是打算烤一下別人送我的香魚當晚餐。」

「是嗎？」唐津用力揚起嘴角，「然後呢？」

他露出試探的眼神看著日岡。

日岡搖了搖頭說：

「吃完飯，洗完澡就睡覺而已。」

「太好了。」

唐津說完，對著駕駛座上的妻子大聲說：「那我和他喝幾杯，等時間差不多時，妳再來接我。」

唐津的太太笑了笑，再度向日岡欠身打招呼後，倒車離開了停車場。

車子離開後，唐津舉起拎在手上將近兩公升的日本酒瓶說：

「這是白鴻，是吳原的酒，你一定很懷念吧？把別人送你的香魚抹鹽烤一下，再加上這瓶酒，其他什麼都不需要了。」

唐津還是和以前一樣，不問別人的意見，就三兩下做出了決定。日岡的臉上很自然地露出了笑容。

日岡把用炭火烤的香魚裝進盤子端出來後，唐津立刻吃了起來。他把魚肉一放進嘴裡，立刻露出感動的表情。

「太好吃了，野生的果然不一樣，而且這個鹽的味道也很棒，是哪裡的鹽？」

唐津用筷子沾著香魚尾巴上的鹽，輕輕舔了舔問道。

「這也是別人送的，好像是石川縣珠洲產的鹽。雖然是粗鹽，但口感很溫潤，很受好評。這也是用這種鹽做的醬菜，你吃看看。」

日岡請唐津吃一夜漬的小黃瓜。

唐津吃了一口小黃瓜，再度發出了感嘆的聲音。

「真好吃！我以前不知道你的廚藝這麼好，看來你隨時都可以嫁人了。」

唐津開著玩笑，心情愉快地喝著酒。

日岡也笑著附和。

以前在吳原時，三餐都是買現成的便當或外食，從來沒有自己下過廚，但被派到駐在所後，吃飯就沒這麼方便了。

這一帶只有中津鄉有一家拉麵店，賣食材和雜貨的商店裡並沒有賣便當或飯糰，所以只能自己下廚做菜。

廚藝受到稱讚，代表已經適應了駐警的生活。如果在轄區分局偵辦刑案，根本沒時間下廚。

唐津一口接著一口，不經意地看向電視，然後視線停在電視櫃下方。

「你在做塑膠模型嗎？」

唐津看到了日岡在拆槍時使用的螺絲起子和矽膠噴霧。

「嗯，是啊。」

日岡再度附和。

如果告訴唐津，這是在拆槍時使用的工具，唐津一定會從他放在隨手可以拿到的位置，得知他經常拆槍。唐津一定會問他為什麼這麼常拆槍，日岡無法回答自己也搞不懂的事。

唐津大聲笑著說：

「當駐警真閒啊，太令人羨慕了。」

唐津發出恐怕連外面都可以聽到的笑聲，但突然停了下來。

日岡感到有點奇怪，抬頭看著唐津。

唐津看著牆上，視線集中在打了叉號的月曆上。

日岡立刻移開了視線。唐津一定察覺了日岡被發配到這種深山地區的鬱悶，日岡不由地感到羞恥和悲情。

短暫的沉默後，唐津把酒瓶遞到他面前。

「喝吧。」

唐津勸他喝酒。

他很感謝唐津隻字不提的體貼，日岡遞上酒杯，讓唐津為他倒酒。

唐津和他聊了日岡在吳原東分局時的前輩和同事的近況，然後漸漸變成抱怨老婆和孩子。當有了幾分醉意之後，說話也開始帶著火藥味。

「你知道仁正會的溝口交保出來了嗎？」

仁正會是廣島縣最大的黑道幫派，旗下二十六個團體，總共有六百人。唐津提到的溝口明是仁正會會長出身的前綿船組的太子，擔任仁正會的理事長，也是仁正會內第二把交椅。

兩年前，米崎縣米崎市發生了一起因為高爾夫球場開發而引起的恐嚇事件，嫌犯溝口和他的義弟涉嫌這起事件，在米崎縣警方發揮耐心偵查後，逮捕了嫌犯溝口和他的小弟。

前年年底，第一次開庭審理，去年年初，在第二次開庭審理前，溝口獲得交保。通常有前科，而且確定會遭到判刑的幫派幹部不可能交保。因為檢察官不會同意嫌犯交保。

「兩年前，仁正會為了接班人的問題動蕩不安，會長綿船因為心臟問題翹了辮子，副會長五十子遭到除名處分，最後還被尾谷組殺了。理事長溝口又被抓，仁正會亂成一團，隨時可能發生分裂火拼。但是，溝口交保出來之後，瓦解了反溝口派，交杯結拜，順利成為第二代組長。」

唐津自言自語般繼續說了下去。

「一旦判刑確定，他就要去吃牢飯，於是他安排義弟中輩分最高的瀧井銀次在他坐牢期間擔任會長代理，讓自己組內的太子高梨守擔任理事長，執行部內全都是自己人，調整了仁正會的體制，避免了一場火拼。」

唐津有點呆滯的雙眼看著日岡問：

「你不覺得這一切未免太巧了嗎？」

日岡默然不語地喝了一口酒。唐津似乎並不在意日岡有沒有回答，繼續說了下去。

「米崎地檢的檢察官為什麼同意溝口交保？聽說交保金高達一億，溝口那個王八蛋最後領回交保金之後，竟然捐給不知道哪裡的慈善團體。你不覺得奇怪嗎？黑道捐錢給慈善團體……真是笑死人了。我認為事情不單純，這件事絕對有內幕。」

唐津一口氣喝完了杯子裡的酒。

「不管是檢察官、警官還是法院都是一丘之貉，哪有什麼正義，什麼慈善行為？」

唐津心灰意冷地說。

日岡為唐津的空杯子裡倒酒時開了口：

「無論有沒有內幕，只要能夠保障民眾的安全，那也沒什麼不好。」

唐津把杯子舉到嘴邊，抬眼注視著日岡。

沉默許久之後，他小聲地說：

「問題是事實並非如此。」

日岡舉起杯子的手停在那裡。

「什麼意思？」

「還有笹貫。」

唐津說的是仁正會的前總部長笹貫幸太郎。綿船死了，五十子遭到殺害，接班人問題浮上檯面時，他積極運作，一心想當會長，結果由溝口成為第二代會長。笹貫吃了不少苦頭。如今沒有擔任任何職務，只是普通的義弟，但他有許多手下，在仁正會內仍然有相當的地位。

「笹貫最近和瀧井走得很近。」

「和瀧井？」日岡忍不住問道，「這不可能吧，他們之前為接班人的問題正面衝突，雙方勢不兩立，現在為什麼突然走得很近？」

「為了第三代接班人的問題。」

日岡倒吸了一口氣。第二代會長才剛接班，已經出現第三代接班人的問題了嗎？

「我相信你也可以猜到溝口的想法，他打算在自己引退之後，交由小弟高梨接班。這麼一來，他的義弟也都必須世代交替，交給自己的小弟接班，不再繼續當組長。瀧井當然對被高梨這種年輕人超越很不爽，所以笹貫就覺得有機可乘。」

日岡把酒杯裡的酒轉了一圈。

如果唐津的話屬實，瀧井會如何採取行動。是會重視仁義，和溝口肝膽相照，還是會倒戈和笹貫聯手？

唐津重重地吐了一口氣，聳了聳肩。

「原本以為仁正會可以從此太平，沒想到暗濤洶湧，殺了明石組第四代的那些傢伙也至今沒有抓到，所以高層心情當然惡劣。」

日岡的心跳加速。

「目前仍然不知道通緝犯的下落嗎？」

日岡故作平靜地問唐津。不知道縣警是否瞭解國光等人的動向。

唐津舉起一隻手，在自己臉前搖了搖說：

「無論縣警還是明石組都拚命找他們，但完全不知道他們的下落。不知道逃去國外，還是已經不在這個世界了——」

「你是說他們死了嗎？」

日岡繼續追問。

唐津點了點頭。

「心和會淺生組的太子不是叫富士見亨嗎？他被認為是實際殺了第四代，暗殺行動的首領，聽說他已經被幹掉了。」

富士見亨是富士見會的組長，聽唐津說，在武田遭到暗殺之後，富士見會的太子小早川滿被明石組綁架，明石組放話威脅說，如果希望他們放了小早川，就宣佈解散富士見會。富士見為了救小早川，多次聯絡他的老大，也就是心和會的會長淺生，但遲遲聯絡不到淺生，心和會執行部也堅稱不知道淺生的下落，他束手無策，也知道自己被切割放棄了。

「一旦失去了後盾，就根本沒有贏面。富士見認清局勢後，向自己辦公室所屬的轄區分局提出了解散申請，並寄了道歉信給明石組。」

日岡曾經在週刊上看到，富士見除了解散申請書以外，還寫了一封表示自己會在近日投案的信送到明石組手上。

日岡說了這件事，唐津回答說：

「沒錯，報導的內容完全正確，只不過富士見遲遲沒有投案，不知道是被明石組幹掉了，還是……」

唐津沒有繼續說下去，但日岡知道唐津原本想要說什麼。他應該想說「被認為他礙事的自己人幹掉了」。

唐津一口氣喝完了剩下的酒，似乎想把這些不吉利的話吞回去。

唐津的喉嚨發出咕嚕咕嚕的聲音後，重重地吐了一口帶著酒臭的氣。他吐氣的同時說：

「主謀的國光恐怕也——」

這時，聽到有車子駛入停車場的聲音。關車門的聲音後，似乎有人下了車。不一會兒，駐在所的拉門打開，聽到一個女人的聲音。

『打擾了，我是唐津的太太，我來接他。』

「喔。」

唐津在回答的同時站了起來，穿鞋子時，身體用力搖晃了一下。他已經醉得有點重心不穩了。

日岡扶著唐津走到門外，把他交給等在門外的唐津太太。

唐津在太太的攙扶下，回頭看著日岡，小聲地說：

「你趕快出獄，我在外面等你。」

唐津的鼓勵深深感動了日岡。

日岡深深鞠了一躬。

唐津上車後，響起輕輕的喇叭聲，隨即駛出了停車場。

日岡目送車子離去。

引擎聲消失了。

日岡仰望天空，努力讓腦袋清醒。

這一帶幾乎沒有人工燈光，入夜之後，就是一片漆黑，只能看到零星的民宅燈光和稀疏的路燈。

日岡想起唐津剛才說的話。

——主謀的國光也恐怕……

國光還活著。不僅活著，而且近在眼前。

如果這麼告訴唐津，不知道他會多驚訝。不，唐津這個人搞不好不會相信日岡說的話。

——你趕快出獄，我在外面等你。

唐津說的話縈繞在耳朵深處。

日岡看著眼前的黑暗。

縣道突然被強烈的車頭燈照亮，他轉頭一看，發現一輛車從黑暗中現身。剛才並沒有聽到車子從遠處駛來的聲音，簡直就像在附近等唐津離開。

日岡看到停在駐在所前的車子，一時說不出話。是那輛銀色的越野車。

駕駛座旁的車門打開，一個男人走下了車。那是之前在志乃見過，擔任國光保鑣的年輕人。他一身黑色名牌運動衣褲，長褲兩側的金色線條在黑暗中格外顯眼。

男人對日岡鞠了一躬，抬眼看著一臉茫然的日岡說：

「我是吉岡的小弟，我姓川瀨。別人送了老大很棒的肉，所以想招待日岡先生。我知道您很累了，可不可以請您和我一起去橫手的工地辦公室？我會負責接送。」

男人繼續深深鞠躬。

和吉岡一樣，川瀨的姓氏可能也是假的，但他說話的聲音聽起來很誠懇。也許是國光命令他，無論如何，都要把日岡帶回來。

日岡毫不猶豫地對男人說：

「我去鎖門，你去車上等我。」

男人猛然抬起頭，露出鬆了一口氣的表情走回車上。

日岡從外側鎖好駐在所的大門，坐上了越野車的副駕駛座。

第三章

《娛樂週刊》平成二年五月三十一日號報導

緊急連載

記者山岸晃解讀史上最惡質的幫派火拼　明心戰爭的發展之三

在筆者撰寫本稿期間的五月十九日，收到了一個震撼的消息。

明石組第四代暗殺行動的執行首腦，心和會淺生組的太子、富士見會會長富士見亨（45歲），向辦公室所在的滋賀縣高津分局提出了幫派解散的申請。同一天，富士見親筆寫的道歉信也以限時快遞的方式寄到了神戶的明石組總部。他在道歉信中徹底反省了自己的輕率行為，並發自內心為明石組帶來的困擾道歉。同時還在信中提到，將解散幫派，並在近日主動投案。

為什麼富士見在這個節骨眼一個人選擇了全面投降路線？

關西中立派的幫派組長在接受筆者的採訪時這麼回答：

「那是因為富士見會的太子小早川滿（41歲）被明石組的分枝（下游團體）的年輕人綁架了，雖然目前還不知道是誰幹的，但聽說向富士見提出了交換條件，要他解散幫派來換小早川的性命。富士見送到明石組總部的道歉信中，也懇求放了小早川。」

在這件事上，心和會執行部始終對媒體的採訪保持沉默。目前並沒有針對富士見會解散一事發表正式聲明，在黑道社會，通常不可能發生沒有經過老大和上游團體的同意就擅自解散幫派的情況，更何況富士見是暗殺第四代的最大功臣，可以說是心和會會長淺生直巳（62歲）嫡子的嫡系太子，未經淺生的允許，不可能擅自採取行動。富士見和心和會之間到底發生了什麼事？

大阪府警四課的資深刑警透露了內幕。

「淺生在（武田暗殺）事件後就潛入地下，就連例會也不露臉，據說只有一小部分最高幹部瞭解他的下落，守在辦公室小弟也都在嘆氣，根本不知道他的聯絡方式。」

雖然難以相信，但心和會的最高指揮官淺生在火拼期間，已經有三個月下落不明似乎是事實。

一位要求匿名的幫派兄弟向筆者證實了他聽說的事。

「這只是我聽到的傳聞，聽說明石組綁架小早川的原本目的是要他招供富士見的下落，當然是要為老大報仇，但不知道是幸運還是不幸，小早川並不知道富士見的下落。於是，明石組就打電話給小早川的老婆，命令她如果想救她老公，就轉告富士見解散幫派。」

富士見會的幹部接到小早川老婆的電話後大吃一驚，透過極其祕密的管道急忙聯絡了富士見。富士見也立刻聯絡了心和會總部請求指示，但心和會執行部一再堅稱會長不在，完全不採取任何措施。富士見無奈之下，只能打電話去淺生家中，等待淺生回電，但等了一天，也沒有等到淺生的聯絡。

前述幫派人士說：

「說白了，就是被切割了，所以就只能固力果了。」

固力果是關西黑道的暗語，就是舉白旗的意思，來自固力果跑跑人高舉雙手的姿勢。

富士見走投無路，只能接受明石組的要求，提出了解散申請，並寄了道歉信——這似乎是真相。

對黑道兄弟來說，讓火拼對象解散幾乎等於幹掉組長，解散幫派，回歸普通老百姓這個舉動，意味著黑道生命的結束。

明石組算是收拾解決了執行暗殺行動的富士見，接下來的當務之急，就是要收拾被視為主謀的義誠聯合會的會長國光寬郎（35歲）。

「無論如何都要取國光的性命。」

這句話出自明石組旗下直屬團體的幹部之口，據說高層已經下達指令，一定要比警方更早找到國光。

為什麼非殺國光不可？當筆者問這個問題時，前述的幹部回答說：

「國光這個惡棍不可能改邪歸正，如果不解決他，他早晚會回來報仇。」

明石組的高層似乎很擔心目前正在潛伏的國光發出第二箭、第三箭。國光是否有此意？筆者從某個地方得到了驚人的證詞。

（未完待續）

川瀨握著越野車的方向盤，行駛在只有車燈照亮的夜間道路上直奔橫手。鄉下地方和城市不同，晚上九點之後就一片寂靜，也完全看不到人影，只聽到附近河流的流水聲和青蛙在農田裡唱歌。

不知道是正在專心開車，還是國光命令他不要多話，川瀨一路上都沒有開口，雙手握著方向盤，默默地看著前方。

日岡也沒有說話。他猜想無論問川瀨什麼，川瀨都不會回答，只會顧左右而言他。日岡想要知道的事，只能從國光口中聽到答案。現在不必性急，只要見到國光，自然會知道答案。日岡在抵達目的地之前，注視著前方的黑暗，把一隻手伸出副駕駛座旁敞開的車窗，感受著夜晚的風。

川瀨來到高爾夫球場的工地現場，把車子在停車場停好之後，立刻走下駕駛座，從車子後方繞過來，打開了副駕駛座的門。從他挺著身體的俐落動作，可以感受到他住在老大家中學習期間接受了嚴格的調教。

「請跟我來。」

川瀨帶著日岡來到三棟組合屋中最後方那一棟，也是唯一亮著燈光的組合屋。不知道是否已經過了熄燈時間，工人住的另外兩棟都一片漆黑。

川瀨站在貼了「管理負責人辦公室」牌子的入口，敲了敲紗窗。

「是我，我帶駐警先生來了。」

川瀨報告後，裡面傳來一個宏亮的聲音：

『喔，辛苦了，進來吧。』

川瀨退到一旁，為日岡讓了路。日岡打開拉門，走進了屋內。

組合屋一樓的房間內有三個男人。天氣這麼熱，三個人都穿著長袖襯衫。他們分別是遭到通緝的高地、井戶和國光，三個人都圍在矮桌周圍，坐在鋪在地上的藍色塑膠布上。

這個房間的大小和昨天白天造訪的辦公室相同，但內部構造不同。這裡沒有接待櫃檯和廚房，只有寬敞的地上鋪了一張大約一坪多大的藍色塑膠布，確保了可以坐下休息的空間。

塑膠布周圍放著蚊香。雖然裝了紗窗，但窗戶一直敞開著。後方有一個流理台和大冰箱，矮桌上放著小瓦斯爐，上面放著煮壽喜燒用的淺鐵鍋，裡面還沒有放東西。

日岡脫下鞋子，走上塑膠布。

原本坐在上座的國光微微起身，把自己的座墊翻了個面，向日岡招呼。

「來，坐這裡。」

國光笑著說完，移到矮桌轉角另一側的座墊上。

「不好意思，這麼晚找你過來，你剛才有客人？」

「嗯，是啊。」

日岡坐下來時回答。這一帶的手機和汽車電話都沒有訊號，國光之所以知道自己有訪客，想必是川瀨開車去公車站打了公用電話，或是國光事先吩咐他，如果有訪客，就叫他等在那裡。

日岡一坐下，井戶就從後方的冰箱裡拿出冰啤酒，俐落地打開瓶蓋遞給國光。國光接過酒瓶，伸手為日岡倒啤酒。

「來喝啤酒。」

日岡點了點頭，拿起杯子讓國光為他倒酒。

等在一旁的井戶看到日岡的杯子倒滿後，立刻恭敬地從國光手上接過酒瓶，為老大的杯子倒了啤酒。

「那就先來——」

國光說著，舉起自己的酒杯伸向日岡。

日岡也做了乾杯的動作，把酒杯舉到嘴邊。看到國光一口氣喝完，日岡也乾了杯中的啤酒。

日岡伸手拿起放在一旁的啤酒瓶，為國光倒酒回禮後，國光立刻搶過酒瓶，為日岡倒了酒。

當瓶子裡的啤酒快倒完時，井戶立刻遞上不知道什麼時候準備好的新啤酒。俐落的舉動應該歸功於義誠聯合會平時的調教。

「你們也喝吧。」

國光示意小弟也一起喝啤酒，坐在日岡右側的高地和井戶一臉嚴肅地搖了搖頭。

「我們喝這個就好。」

他們面前的杯子中裝了茶色的飲料，國光面前也有一杯，旁邊有一瓶烏龍茶。在日岡來之前他們似乎並沒有喝酒。

高地和井戶為自己的杯子裡倒了烏龍茶。

為了以防萬一，組長的保鑣在酒席上也不喝酒。這是道上的規矩。日岡有點訝異，即使在這種鄉下地方，他們也這麼守規矩嗎？

室內很安靜，沒有人開口說話，只聽到遠處傳來的蛙鳴聲。

還是說——日岡的大腦高速轉動。還是說，他們是因為其他理由不喝酒？

其他兩棟組合屋一片漆黑，即使過了熄燈時間，如果有人住在裡面，應該會有動靜，然而非但聽不到有人在走廊上走動的聲音，也聽不到咳嗽聲和說話的聲音，簡直就像空屋般寂靜無聲。

日岡這時才想起停車場內並沒有看到工人移動時搭的廂型車。明天是星期天，如果國光他們以偶爾放鬆一下為由，安排工人去附近的溫泉——

汗水從後背流了下來。

沒有人知道日岡來這裡，周圍一公里內沒有民宅，即使發出手槍的槍聲，應該也不會有人發現。在施工中的工地現場掩埋一具屍體根本易如反掌。

日岡看著國光。

國光也看著日岡。他把手肘架在矮桌上，垂下手腕，拿著酒杯，目不轉睛地看著日岡，似乎想要看透日岡的心思。隨即揚起嘴角笑了笑，對著高地和井戶舉起啤酒瓶。

「日岡先生難得來，你們別客氣，今天就喝一點酒。」

井戶看向輩分比他高的高地，高地垂下雙眼，似乎還在猶豫。當國光再度催促時，他下定決心似地把烏龍茶一飲而盡，雙手拿著空杯子遞到國光面前。

「那我就恭敬不如從命，謝謝老大。」

國光為坐在對面的高地杯中倒了啤酒，然後也為井戶倒了啤酒。

井戶咬著嘴唇，一臉緊張地讓組長為自己倒酒。

國光為井戶倒完之後，把啤酒瓶拿到一旁的川瀨面前，但慌忙放在桌子上。

「啊，幸三不行，你等一下還要開車。日岡先生再怎麼通融，有人在他面前酒駕，他應該不會放過。」

國光豪放地笑了起來，拿起桌上的烏龍茶，為川瀨的杯子裡倒了茶。川瀨深深鞠躬，額頭幾乎磕到桌子，然後也為國光倒了酒。

高地立刻微微鞠了一躬，為日岡的杯子倒滿了啤酒。

國光舉起杯子。

「那我們來乾杯。」

「乾杯！」

幾名小弟彷彿從腹底發出的聲音在室內迴響。

日岡也高舉起杯子。

國光拿起扇子，挽起了左手的袖子。袖子下露出了刺青。那是龍嗎？兩條龍交織在一起，飛向雲間。他的左手沒有小拇指。國光似乎不想再演猴戲，不想再隱瞞自己是黑道兄弟這件事。

「庸一，今天不拘虛禮，大家盡情地喝。敬士，你去把所有的酒都拿來。」

「是！」井戶大聲回答後，俐落地站了起來。

「老大，讓您費心了。」

高地鞠躬說道。

「沒關係，偶爾痛快一下。」

國光露出微笑，為高地的杯子裡倒了啤酒。

井戶用托盤端來了白蘭地和將近兩公升的燒酒。那應該是國光愛喝的酒。

川瀨不知道什麼時候準備了裝冰塊的玻璃容器和杯子，站在井戶身旁。

川瀨俐落地調了燒酒純酒後，放在國光面前。

國光喝完杯子裡剩下的啤酒，用手背擦了擦嘴角的泡沫，對日岡說：

「喜歡喝什麼不用客氣，也有日本酒。」

「不，我想喝啤酒。」

日岡委婉地拒絕了。

剛才和唐津一起喝的白鴻燒酒還沒有消化，他不想喝得太醉。

井戶把托盤上的一小瓶日本酒放在日岡旁邊，以備不時之需。日岡向他微微點頭。

國光坐直了身體，面對著日岡說：

「今天找你來這裡，是有美食想和你一起分享。敬士，趕快去準備。」

國光對著井戶揚了揚下巴。

單腿跪在地上，在國光身後待命的井戶起身走向牆邊的流理台，從流理台旁的冰箱裡拿出一個保麗龍的小箱子，拿在手上，走到日岡身旁。打開蓋子，看到一塊用竹皮包起的東西。井戶小心翼翼地解開竹皮的繩子，讓日岡看裡面的東西。那是一塊霜降牛肉，一看就知道是高級貨。

國光用扇子搧著脖子說：

「是不是好肉？這是客戶公司的老闆送的。」

客戶公司的老闆——是坂牧建設的坂牧嗎？

日岡把已經衝到喉嚨口的問題吞了下去。還不是直搗核心的時候。

「太高級了，我從來沒看過這麼好的肉。」

日岡笑著附和道。

「這是A5等級的松阪肉，而且是一頭牛中只能獲得少量的稀有部位。」

井戶小聲補充道。

日岡察覺到自己的嘴巴做出了「喔」的形狀，忍不住嘆了一口氣。

國光對著井戶點了點頭。

井戶把肉拿去流理台，然後從冰箱裡拿出小碟子，放在托盤上端了過來。

「我立刻準備壽喜燒，請先嚐嚐這個。」

放在桌上的小碟子內裝的好像是芝麻涼拌菜，旁邊附了山葵醬。日岡認得出鮪魚和蠶豆，但不知道另一樣食材是什麼。根據外表，想像口感應該很像柿子，只不過顏色不一樣，那是帶著綠色的奶油色。

日岡不太敢吃沒有見過的食材，井戶似乎察覺了日岡的想法，說明了小碟子裡的菜。

「這是涼拌鮪魚、蠶豆和酪梨。雖然看起來很日式，但其實是西式的調味。你就當作是被騙，吃一下看看。」

會不會有點像義式涼拌鮪魚？日岡完全無法想像會是什麼味道。

日岡用筷子夾起了小碟子裡的菜。

當他送進嘴裡時，忍不住驚嘆地說：

「真好吃。」

口感清爽的醃漬鮪魚和酪梨濃郁的口感相得益彰，山葵的辛香味和蠶豆的香氣也發揮了襯托作用。用來拌食材的醬汁好像是帶有酸味和些許甜味的巴薩米克醋，日岡以前從來沒有嚐過這種味道。

一旁的井戶吐著氣，似乎暗自鬆了一口氣。

「合你的口味，真是太好了，那我做菜就更有勁了。」

日岡問：

「你是在哪裡學的？」

「是老大指導我的。」

井戶抓著頭回答。

國光苦笑著插嘴說：

「我可沒教你，只是提供了點子而已。」

他轉頭看著日岡說：

「我告訴他，之前在美國吃的鮪魚酪梨加州捲很好吃，其他都是他自己設計的。」

井戶聽到國光的稱讚，開心地縮著脖子。

國光看著低下頭的井戶，瞇起了眼睛。

「是不是很厲害？你別看他這樣，他有廚師的執照。」

黑道兄弟有廚師執照太令人意外，日岡忍不住打量著井戶的臉。

井戶靦腆地站了起來，走去流理台。可能要準備壽喜燒。

高地補充說：

「老大總是對手下的年輕人說，盡可能去多考一些證照，隨時可以退出幫派。我雖然不打算退出幫派，但老大一直叮嚀，所以我在十年前考到了大型特殊車輛的駕照，還有年輕人考了處理危險物品和消防設備的證照。」

「是、這樣啊。」

日岡也意識到自己的聲音聽起來很傻。

他很驚訝殺人不眨眼的黑道兄弟竟然考取了這些和他們不相符的證照。最令他不解的是，很多組長排斥組員退出幫派，國光卻要求幫眾考慮到金盆洗手之後的事。

井戶端著裝了排放整齊的肉、蔥、白菜、蒟蒻條和烤豆腐的大盤子走了回來，打開小瓦斯爐，用熟練的手勢開始做壽喜燒。

他做的是先放牛油後煎了肉，然後把砂糖和醬油直接放進去的關西式壽喜燒。

「日岡先生，你先請用。」

井戶把小碗遞給日岡。小碗裡裝了蛋汁，碗裡的霜降牛肉還帶著紅色。他沾了蛋汁後送進嘴裡，牛肉立刻在舌尖溶化，完全不覺得油膩，滿嘴都是牛肉的鮮美。

這和日岡以前吃的壽喜燒完全不同。

日岡發出讚嘆聲，轉頭看著井戶說：

「我勸你馬上金盆洗手，憑你的手藝，任何餐廳的廚房都難不倒你。」

日岡真誠地說，井戶再度縮起了脖子。國光假裝生氣地開玩笑說：

「喂喂，日岡先生，這也太過分了吧，既然你要把我手下這麼重要的小弟挖走，那也要幫我介紹工作，否則我不放過你。」

高地等三個小弟都笑了起來，日岡也跟著露出了笑容。

大家在輕鬆的氣氛下吃了起來。

哪個縣的女人用情最深——這幾個黑道兄弟熱烈談論著女人，其實幾乎都是國光在唱獨角戲。日岡不時附和，默默聽著他們聊天。

國光似乎有三個女友。日岡從偵查資料中得知，他從來沒有和任何女人結過婚。

國光在聊女人的同時，一口接一口地喝著燒酒純酒，日岡也改喝用水稀釋的燒酒。高地和井戶一直喝啤酒。

吃了將近一個小時，沒有人再拿起筷子，每個人都露出吃撐的表情，日岡也吃得很飽。

井戶在國光的指示下收走了鍋子和小瓦斯爐，川瀨用抹布仔細擦著桌子。

桌上整理乾淨後，國光突然用嚴肅的語氣對日岡說：

「對了，今天請你來這裡，除了吃肉以外，還有其他理由。」

日岡靜靜地喝著冰塊溶化後，幾乎變成了水的兌水燒酒。

他一開始就知道，國光找他來這裡，不可能只是吃肉而已。雖然有幾分醉意，但腦袋很清醒，只是在等待國光什麼時候進入正題。

國光把手肘架在桌子上，向日岡探出身體。

「是為了和你打開天窗說亮話。」

——正合我意。

日岡用力注視著國光。

自從在志乃見到國光之後，日岡一直在找機會瞭解國光的內心。

高地、井戶和川瀨也都正襟危坐，緊閉著雙唇，似乎表示接下來不允許他們插嘴。

「日岡先生，不好意思，我去調查了你一番。」

日岡不由地緊張起來。他到底調查了自己什麼事？

「聽說你以前跟著大上先生。」

日岡倒吸了一口氣。

「這沒什麼好驚訝的，我在福中長大，和我年紀差不多的廣島不良少年，沒有人不認識上哥。」

沒錯，國光讀國中時，大上就是專門偵辦黑道相關案子的刑警。雖然轄區不同，但知道大上的名字也不足為奇。

國光用沒有小拇指的左手搖晃著手上的杯子，冰塊發出了喀啷的聲音。他喝了一口燒酒，喉嚨發出了咕嚕的聲音。他用力吐了一口氣。

「我也向瀧井哥、守哥和志乃的媽媽桑打聽了你，聽說你吃了不少苦。」

吃了不少苦——日岡不知道國光是指尾谷組和五十子會的火拼事件，還是日岡最後被發配到目前的駐在所？或是指大上的事？

國光拿起扇子在胸前搧著風，露出探詢的眼神看著日岡。

「聽了很多關於你的事之後，我終於恍然大悟——你為什麼這麼有膽識？既然是上哥生前的愛徒，那就不意外了。」

生前的愛徒。這句話刺痛了日岡的心。

日岡問國光：

「瀧井先生和一之瀨先生怎麼說我？」

不知道他們怎麼看被發配到縣北鄉下的自己。

國光毫不猶豫地回答：

「他們都說你是個值得信任的人。」

真的嗎？日岡內心產生了疑問。

國光從日岡的臉色中看出了端倪，放聲大笑起來。

「我並不是給你戴高帽。」

「戴高帽」是黑道的行話，代表吹捧的意思。

「所以——」

國光露出嚴肅的表情，向高地揚了揚下巴。

「把那個拿過來。」

高地點了點頭，退到塑膠布外，把放在地上的包裹拿了過來，放在日岡面前後退下。從大小和形狀來看，像是糕餅的禮盒。

國光用恭敬的語氣說：

「日岡先生，希望你可以收下。」

「這是什麼？」

日岡皺起眉頭。這不可能只是糕餅禮盒。

國光用冷淡的語氣說：

「封口費。」

日岡渾身緊張，腋下流著汗。

封口費──也就是錢。

國光伸手拿起包裹，輕輕舉了起來。

「裡面有一條。如果你覺得不夠，要幾條都沒問題。」

黑道口中的一條代表一百萬或是一千萬。看包裹的大小，應該是後者。

他打算用一千萬圓收買日岡。

國光把手上的包裹在日岡眼前左右搖晃。

「人生要趁活著的時候好好享受，今朝有酒今朝醉才是聰明人，日岡先生，你說對不對？」

日岡瞪著國光。

「國光先生，我勸你別小看警察。」

高地猛然站了起來，大聲地說：

「死條子，你想怎樣！」

日岡眼角掃到川瀨的手摸向腰，井戸也微微站了起來，準備隨時採取行動。

日岡輪流看著眼前四個黑道兄弟的臉。

「你們會為了錢，賣掉幫派的徽章嗎？」

日岡帶著怒氣大喝一聲，三個小弟愣了一下，只有國光皮笑肉不笑。

「我雖然只是在這種窮鄉僻壤當駐警，但不會為了錢出賣自己，我還沒這麼墮落。」

組合屋內鴉雀無聲。

國光突然大笑起來，打破了沉默。他開心地繼續笑著。

日岡猜不透國光的真意，有點不知所措。那三個小弟也有點搞不清楚狀況。

國光笑完之後，滿意地看著日岡。

「之前聽了關於你的風評，你果然是大家口中那樣的人。」

國光把手上的包裹隨意丟到日岡面前，包裹掉在日岡盤著的雙腿中間。

「你打開看看。」

日岡打開了包著包裹的方巾。

日岡看到裡面的東西，不禁目瞪口呆。因為裡面竟然放了一條羊羹。

「這……」

他說不出話。

那三個小弟事先似乎也不知情，全都驚訝地張大了嘴。

國光臉上的表情就像搗蛋成功的小孩，他對日岡說：

「如果你收下包裹，我打算明天就離開這裡。」

原來他在試探自己，但是，為什麼──？

也許日岡臉上露出了疑惑的表情，國光伸手拿了日岡手上的羊羹，在手上輕輕掂了掂。

「會被錢收買的人，會一次又一次被收買，只要有錢，就會背叛。誰會把自己的生命交到這種人手上。」

原來一切都被國光玩弄於股掌之間？

日岡懊惱地開玩笑說：

「對財產有數十億的你來說，一千萬根本只是零頭，我一開始就覺得有問題。如果是一億，我可能會相信。」

國光捧腹大笑起來。

幾個小弟茫然地看著事態的發展。

國光笑完之後，把羊羹放在桌上，誇張地聳了聳肩問：

「我的財產有數十億？」

「週刊雜誌上這麼寫。」

「是喔，」國光用鼻子冷笑著，「有那麼多嗎？媒體向來語不驚人死不休，雖然我的財產的確以億為單位，但並沒有到二位數。」

從國光這番話推測，他的財產最多不超過十億？

國光說：「有一半財產在海外的空殼公司名下，留在國內的現金都以朋友的名義存在銀行裡。」

朋友——應該是國光的家人和女人。為什麼要對他人公佈自己的財產？日岡無法瞭解國光的意圖。

「我最初做的是遊戲機的生意。」

日岡回想起週刊雜誌上的內容，上面寫著國光靠販賣非法遊戲機和非法進口大理石累積了財產，然後用這些財產炒股票和炒地皮，累積了近十億財產。

國光的視線移回日岡身上。

「以前不是曾經流行過侵略遊戲嗎？」

「你是說放在咖啡店的那種遊戲嗎？」

國光開心地點著頭說：

「沒錯，就是桌上遊戲機，用雷射打死入侵的外星人，那是使用電腦的大型電玩機台的原型。」

那是日岡在學生時代也很迷的遊戲，技術進步之後，只要投一百圓，就可以玩數十分鐘。只要能夠打完最後一關，店家還會贈送獎品。

「你把機台批發給店家嗎？」

日岡問，國光左右搖晃著手上的扇子。

「不是，不是，我經手的不是這種玩玩而已的遊戲。任何東西都只能紅一陣子，曾經轟動一時的侵略遊戲也很快就退燒了。店家知道只要押對寶，就可以大撈一票，所以想要能夠取代侵略遊戲的遊戲機。於是，我就相中了海外賭場的撲克牌遊戲機。」

撲克牌遊戲機也是當年很受歡迎的遊戲，日岡年輕時也曾經迷過。

國光做出雙手拿起什麼東西，然後在頂端進行細微調整的動作。

「然後再這樣那樣調整一下，於是就不必使用代幣，而是直接用現金賭博。這當然是違法行為，一旦被警察查到，就會被抓去坐牢。店家也只讓熟客進門。我靠那個賺了一大票，庸一，對不對？」

不知道是否回想起當時的情況，高地捂住了嘴巴，似乎無法克制內心湧起的笑意。

「我們要去向租機台的店家回收機台裡的現金，不都是一百圓硬幣嗎？簡直重死了，裝在旅行袋裡的一百圓硬幣的重量，把小貨車都壓得斜向一邊。那時候還真是為這件事傷透了腦筋。」

想像小貨車載了大量一百圓硬幣，傾斜著行駛在路上，就覺得很好笑。井戸和川瀨應該不瞭解當時的情況，但可能聽過好幾次，所以也都點著頭，忍不住笑了起來。

室內充滿和諧的氣氛。

國光突然露出嚴肅的神情說：

「沒錢就沒辦法當黑道兄弟。」

聽到國光凝重的語氣，幾個小弟都收起了笑容。

日岡也低聲表示同意。

「不光是黑道兄弟，普通人也一樣，活在世上都要錢。」

國光語氣嚴肅地說：

「普通人和兄弟需要的錢差了好幾倍。」

「你當黑道兄弟是為了發大財嗎？」

日岡說出口之後，才發現語氣充滿挑釁。

「別傻了。」

國光一笑置之。

日岡無法接受，低下頭，緩緩搖著頭。

國光的話自相矛盾。人生在世，能夠花的錢有限，無論是黑道兄弟還是普通人，需要的金額不至於有太大的差別。

日岡看著桌子，自言自語般地嘀咕說：

「大家都是為了吃美食、摟美女、開好車才當兄弟吧？」

「嗯，有不少人應該是這樣。」

國光事不關己的語氣令日岡感到煩躁，他抬起頭說：

「你的意思是，你不一樣嗎？」

國光一臉憂鬱的表情皺起了眉頭。

「在普通人眼中，覺得黑道兄弟都一樣，但我覺得兄弟有兩種，一種是為了賺錢繼續當兄弟，另一種是為了繼續當兄弟努力賺錢。」

國光看著幾個沉默不語的小弟。

「這個世界上並非每個人都是規規矩矩走在路中央，有時候以為自己直直走在路上，沒想到不小心掉進了水溝。說起來，我們黑道兄弟就像是掉在水溝裡的狗。雖然是狗，但狗也有狗的志氣。幸三，你說對不對？」

川瀨突然被點名，驚訝地抬起頭，連續點了好幾次頭。

「即使是掉進水溝的狗，挨了棍子，就會汪汪叫，搞不好還會撲過來咬一口。這次的戰爭就屬於這種性質。」

國光說完，目不轉睛地盯著日岡的臉。

「狗咬狗也需要花很多錢——」

「我老大，」高地在一旁看著日岡插嘴說，「除了小弟被抓時，會出律師費打官司，還會在小弟蹲苦窯期間，提供留在外面的家人的生活費。」

很多黑道兄弟都把手下當棋子，日岡對國光的處理方式感到意外。

「為什麼要照顧到這種程度？」

國光聽了日岡的問題，反過來問他：

「如果你自己的父母兄弟遇到這種事，你會不照顧嗎？」

黑道社會的確模擬了家族制度，一旦結拜，可以為老大犧牲奉獻一切，甚至不惜捨棄親生父母。至於老大對小弟是否能夠像對待親生兒子般關懷疼愛，答案當然是否定的，讓小弟去殺仇敵就是最典型的例子。

國光繼續說了下去。

「這就是為什麼我把一半財產用其他名義轉到國外的原因，即使我有什麼三長兩短，為幫派做事的年輕人，也不必吃太多的苦。」

「這樣啊……」

日岡輕輕吐了一口氣。雖然不知道有幾分真實性，但聽起來不像是信口開河。

國光笑了笑說：

「差不多有三百年份牢飯的資金。」

日岡在腦袋中迅速計算了一下。三百乘以十二個月就是三千六百，用五億除以三千六百，幫派成員吃牢飯時，他們的家人每個月可以拿到將近十四萬圓的生活費。

「先不說這些。」

國光湊到日岡面前，把手放在膝蓋上說：

「我這個人言出必行，會遵守約定。」

約定——

日岡想起國光之前說，等到他完成該做的事，會讓日岡親手為他銬上手銬。

日岡看著國光的眼睛說：

「我可以請教你一個問題嗎？」

國光點了點頭。

「你留在外面到底想做什麼？」

國光輕輕笑了笑。

「不能在你面前說。同樣是違反交通規則，過去的事也許可以睜一隻眼，閉一隻眼，如果在你面前亂闖紅燈，你當然會制止。」

日岡察覺了國光想要表達的意思。正如週刊雜誌上所寫的，國光正在思考第二箭、第三箭。

國光把原本放在自己膝蓋上的手用力拍了拍日岡的大腿。

「反正，你相信我就對了。」

國光用廣島話說了這句話，雙眼綻放出異樣的光芒。

日岡離開工地現場的辦公室，坐上了川瀨駕駛的越野車。

握著方向盤的川瀨變得很健談，和去程時完全不一樣。

「我老大真的就是那種人，我打算一輩子都跟著他。」

日岡注視著黑暗問川瀨：

「你當兄弟後，最開心的事是什麼？」

這個問題根本無關緊要，日岡只是用這個問題來打發時間，也不期待聽到像樣的回答。

「就是和老大結拜的時候。」

川瀨握著方向盤，大聲回答。

「我想也是。」日岡隨口附和著，「兄弟應該都差不多吧。」

不知道川瀨是否感受到日岡的意興闌珊，他苦笑了一下，停頓了幾秒鐘後說：

「其實是老大叫我名字的時候。」

叫名字？這不是理所當然的事嗎？日岡聽不懂這句話的意思。

「名字嗎？」

川瀨點了點頭。

「我家老大在叫我們這些小弟時，都會在姓氏後面加一個『君』字。」

對小弟以「君」相稱？日岡驚訝地看著川瀨。

「老大對手下說話都很客氣。不久之前，老大還叫我川瀨君，他會對我說：『川瀨君，可以請你把車子開過來嗎？』」

「但他今天和你說話就不會這麼客氣啊。」

「對。」

川瀨滿臉喜色，興奮地說：

「老大只有對認同的人，才會直接叫名字。」

「認同的人？」

「這次和大家一起來旅行之後，他就開始叫我幸三。」

川瀨身體微微前傾，好像抱著方向盤。

日岡靜靜地閉上了眼睛。

他的眼瞼中浮現了國光親切的笑容。

日岡忍不住想。

黑道兄弟都是社會的狗屎，但同樣是狗屎，國光也許是可以成為堆肥的屎——

暮蟬聲漸漸取代了油蟬的鳴叫。

日岡將原本看著雙手的視線看向窗外。從二樓的窗戶，可以看到太陽在栗樹後方漸漸西沉。

山裡往往比都市更快迎接下一個季節的到來。八月中旬後，雖然已是迎接秋天的季節，但廣島市區應該還是一片夏日景象。然而在群山環繞的這一帶，已經可以感受到秋天的氣息。白天的陽光雖然很強烈，但像現在傍晚時吹的風中帶著涼意。不時有紅蜻蜓從眼前飛過，農田的稻子也從綠色漸漸變成了金黃色。

日岡的腦海中突然浮現錦秋湖絢麗的美景。錦秋湖是賞紅葉勝地，周圍的山上應該也漸漸染上了色彩。

高爾夫球場的工地就在群山圍繞的湖泊旁。中元節期間，工地也會暫時休息。今天是八月十一日星期六，中元節從十三日星期一開始，但工人從今天到中元節結束的十六日為止，有六天的假期。

從那天晚上被國光找去，在他們辦公室內喝酒至今，已經過了將近兩個星期。

目前表面上並沒有任何動靜。球場的建設按進度進行，國光也保持沉默。武田組組長遭到暗殺引發的幫派火拼，雖然不時發生有人去砸幫派辦公室或幫派相關場所玻璃窗戶的情況，但這兩個星期來，並沒有發生造成人員傷亡的事件。

武田遭到暗殺之後，報紙上有關幫派火拼的報導始終不斷，但最近都是一些炒冷飯的新聞。只不過警方應該沒有人認為火拼會就這樣落幕，大部分人應該和日岡一樣，認為目前的狀態只是暴風雨前暫時的寧靜。

問題在於什麼時候會發生暴風雨。

日岡確信，引起這場暴風雨的人是國光。

在工地管理辦公室見到國光的那天晚上，日岡決定相信國光的話。國光會在適當的時機向日岡伸出雙手，日岡決定等待那一天的到來。但日岡有一個絕對無法讓步的條件，那就是不能把民眾捲入黑道的火拼。只要稍微出現這種可能性，他就會請求縣警的支援，立刻逮捕國光。這是日岡內心不可動搖的決心。

腦內的影像從國光的辦光室移向設置在辦公室旁的戶外小倉庫。日岡認為那個堅固的鐵皮小倉庫——很可能是國光的彈藥庫。

那裡並不是堆放工具的工具倉庫。日岡在第一次去那裡時，就已經確認另外有一個工具倉庫。工人住宿的宿舍旁，有一個大型倉庫。大門敞開的倉庫內堆放著用來搬運砂石的推車和鐵鏟。

根據媒體的報導，明石組內的某些武鬥幫派除了手榴彈以外，還有火箭彈和機關槍。心和會當然也有相同程度的武器。

到目前為止，國光率領的義誠聯合會並未在有多數民眾所在的場所襲擊火拼對象，國光向來都在周到計畫的基礎上給予對方致命一擊，但並不能完全排除使用爆裂物的可能性。黑道兄弟被逼急了，不知道會做出什麼事。

必須找機會調查一下——

「日岡先生，我不知道這一題怎麼解……」

日岡的思考被打斷，回過了神。

坐在小桌子對面的祥子注視著他。

日岡慌忙看向祥子打開的數學問題集。

「就是這裡。」

祥子把問題集轉向日岡，遞到他面前。

日岡把頭湊過去，但立刻停了下來。

他聞到了清潔淡雅的花香味，忍不住愣了一下。

不知道日岡上門之前，祥子是否洗了澡，她身上散發出洗髮精和香皂的味道。這種味道和她身上的白襯衫太相襯了，讓日岡對靠近比自己小一輪的清純少女感到猶豫。

他坐直了身體，和祥子之間保持了距離。接過問題集，拿在手上看了起來。

「就是這一頁的第五題。」

那一題是有關定積分的函數題。

日岡把問題抄在放在桌上的筆記本上，然後拿著自動鉛筆說明起來。

「雖然這一題看起來很難，但只要把積分的部分像這樣換成常數a，就可以簡化計算式。」

祥子專注的眼神看著日岡寫的字。

「只要搞懂這一步，應該就可以算出答案。」

「喔。」祥子的臉頰微微放鬆，低頭在問題集上寫了起來。

「這樣對嗎？」

祥子把問題集出示在日岡面前，日岡點了點頭。

「完全正確。只要搞清楚這一點，其他應用題應該也沒問題。妳試試看。」

祥子靦腆地輕輕笑了笑，低頭開始解題。

日岡正在祥子的房間。從祥子升上高三的今年春天開始，他每個星期六都會花一個半小時在畑中家輔導祥子的功課。

日岡沒有當家教的經驗，學生時代都在居酒屋打工，他沒有自信能夠協助祥子成績進步。雖然一度婉拒，但修造沒有放棄，一再堅持只要日岡針對祥子不懂的部分加以指點就好。日岡認為一旦得罪本地有實力的人士，將會影響工作，於是在無奈之下，接受了修造的請託。

雖說是輔導祥子的功課，但也只是讓祥子做問題集，然後為她解答而已。一方面是因為日岡不太知道怎麼教別人功課，但最重要的原因，是祥子很聰明，她的理解能力很強，即使遇到難題，只要提示一下，她就可以自己解答，其實根本就不需要家庭教師。

日岡起初都一直陪著祥子寫功課，得知不需要費太多心思之後，就會在祥子做習題時，自己在一旁準備巡查部長的升任考試。

只要通過考試，就可以申請調動工作，至少可以調去派出所工作。

於是，這幾個月來，日岡積極為考試做準備。幸運的話，也許可以調到廣島，或是近郊的轄區分局——在國光出現之後，日岡的這種想法更加強烈。如果國光遵守約定，不要說調回轄區分局，甚至有機會重新調回處理黑道刑案的工作，所以無論如何都要通過升任考試，為那一天做好準備。

樓梯傳來上樓的腳步聲，隨即聽到了敲門聲。

「進來。」祥子在筆記本上寫字的同時回答。

紙拉門靜靜地打開了，祥子的母親美津子走進房間。下午茶時間到了。祥子動作俐落地整理了桌子。

「辛苦了。祥子，差不多該喝茶休息一下了。」

美津子手上的托盤上放了兩人份的麥茶和水羊羹，兩者都使用了雕花玻璃的容器。

原本盤腿而坐的日岡立刻端正姿勢，向美津子鞠了一躬。

「不好意思，每次都讓妳這麼費心。」

美津子在桌前坐下後，把麥茶和水羊羹放在桌上，優雅地笑著說：

「是我們很不好意思。我老公強人所難，佔用了你寶貴的休假時間……對不對？」

她向日岡鞠了一躬，然後看著女兒的臉，徵求她的意見。

祥子不置可否地笑了笑，點了點頭。

無論是在轄區分局，還是駐在所，或是之前在機動隊，警察的工作時間基本上沒有太大的差別，都是一天實際工作八小時，週休二日，只不過在駐在所勤務，往往沒有正式的休息時間。只要在駐在所內，生活本身就隨時是勤務狀態。

日岡心存感激地接受了美津子的款待，吃完了水羊羹，但祥子一口也沒吃，只喝麥茶而已。不知道她是否在減肥，每次都不吃點心。美津子明知道祥子不吃，但每次都會送兩人份的點心上來。

日岡吃完羊羹後，美津子把空盤子收進托盤時，一臉歉意地向他道歉：

「那個……你可能已經聽說了，因為今天我老公和我都要外出，所以下次再招待你吃晚餐……對不起。」

日岡之前就已經聽修造提過這件事。

「請不要在意。」

日岡每次都是傍晚五點開始為祥子輔導功課一個半小時，修造和美津子每次都會留他一起吃晚餐。日岡起初都鄭重婉拒，但在他們多次盛情邀約之下，就不得不點頭答應。不光是因為前任駐警曾經叮嚀，更因為這就是鄉下地方的人際關係。久而久之，每次家教的日子，他都會留在畑中家吃晚餐。

但是，今天的情況特殊。修造之前就提出希望今天從下午三點開始家教。

日岡沒有問原因就一口答應了。

他不知道他們夫妻為什麼一起出門，雖然日岡是警察，他們夫妻也希望以後可以把女兒嫁給他，但身為父母，還是擔心花樣年華的女兒和年輕男人單獨在家。

「祥子，」美津子也收走了女兒的盤子，「那就加油囉。」

美津子對女兒說完後，又轉頭對日岡說：

「那就麻煩你了。」

美津子正打算離開，日岡起身叫住了她。

「可以先借我打電話嗎？」

美津子露出微笑說：

「當然可以，請便。」

無論在分局還是駐在所勤務都一樣，一旦離開管轄區域，都必須向上司報告去向和理由。日岡也一樣，出差或外宿時，必須比在分局勤務的人更嚴格注意隨時報備。

如果是已婚者，外出時，還有配偶留守，但單身的日岡一旦離開駐在所，就等於這個地區沒有警察。即使不在駐在所時發生了事件或是緊急狀況，也沒有人能夠應對處理。所以當日岡離開中津鄉外宿時，必須事先聯絡主管分局，請主管分局派人代班。通常都是由城山派出所的一位資深巡查來代替他的職務。

但是，只有外宿的時候會派人代替，休假的日子在駐在所時，當然不會有人來代班。如果騎腳踏車去附近散心，或是去河邊釣魚，離開崗位數小時，就必須用前往地點的電話，或是用附近的公用電話打電話回駐在所，確認答錄機的留言。

日岡下樓後，拿起放在玄關旁的電話，按了駐在所的電話。

在外面聽答錄機留言時，只要在答錄機語音播放期間按下＃字鍵，然後按下四位數的密碼，最後再按＃字鍵。

答錄機通常很少會有留言，鄉下地方幾乎不會發生什麼緊急事件。所有駐在管轄地區都一樣，即使有緊急聯絡，十之八九都是火災或是急救的一一九報案。

電話轉入答錄機的語音，日岡按了密碼之後，懷疑自己聽錯了。因為答錄機竟然有三通留言。他急忙看了手錶。現在是下午三點五十七分。第一通留言的時間是三點零三分，所以在一個小時內，就打了三通電話。

是不是發生了什麼事？

日岡知道自己臉頰因為緊張而繃緊。如果是一一〇報案，穿便服時也隨時掛在腰上的警用對講機會發出警報聲，但剛才警用對講機並沒有響，所以很可能是私人的聯絡。

日岡按了播放留言內容的數字鍵，把電話聽筒用力按在耳朵上。第一通和第二通都沒有留言就直接掛斷了，但十分鐘前打的第三通有留言。

『喂？我是晶子，不好意思，打擾你的工作，等你有空，再回電話給我。』

晶子的聲音聽來疏遠——留言內容就這麼簡單，語音通知『所有錄音內容都播放完畢』後，電話就斷了。

日岡握著電話，愣在原地。

來中津鄉之後，晶子從來不曾打電話來過，顯然發生了什麼重要的事。

——是和尾谷或瀧井有關的事？還是晶子私人的事？

他再次看了一眼手錶，發現已經過了四點。晶子應該已經在店裡為開店做準備工作了。

日岡再次向在後方房間內的美津子打了聲招呼，說要再打一通電話，然後撥打了寫在記事本上的志乃電話。

鈴聲響了。

電話很快就接通了，電話中傳來晶子的聲音。

『你好，這裡是志乃。』

日岡握緊電話。

「是我，我是日岡。」

『喔，是阿秀啊，你終於打電話給我了，幸好聯絡上了。』

晶子鬆了一口氣說。剛才聽答錄機時，覺得她的聲音有點疏遠，看來是心理作用。

「不好意思，我不在駐在所，因為有點事，所以出了門。有什麼急事嗎？」

晶子一口氣問：

『阿秀，你明天在駐在所嗎？』

「在啊。」

日岡毫不猶豫地回答。如果晶子叫他不要出門，他可以一整天都留在駐在所。

晶子聽了日岡的回答，立刻放慢了說話的速度，開心地說：

『我跟你說，我打算明天去那裡，如果你在的話，那我就去看你。』

「來這裡？妳是說中津鄉嗎？」

晶子的話太出乎意料，日岡忍不住問。

『對啊，』晶子用柔和的聲音回答，『即使你不在，我也打算去那裡，只是我想看看你住在什麼樣的地方。』

日岡聽著晶子慢條斯理說話後，漸漸恢復了冷靜。

如果晶子特地來這裡和自己見面，一旦日岡回答說明天不在，她一定會回答說改天再來，但她說即使日岡不在，她也會來這裡，代表她來中津鄉有其他事。

和國光有關嗎？

日岡忍不住試探：

「妳來這種鄉下地方是有事嗎？」

他可以察覺到晶子在電話彼端倒吸了一口氣，隨即輕輕笑了笑說：

『學士果然腦筋很好，我明天去那裡的確有原因，但想看看你也是真的。』

晶子顧左右而言他，代表日岡猜對了。明天見面之後，就可以知道詳細的理由。日岡改變了話題。

「妳大約什麼時候到這裡？這一帶的交通很不方便，如果需要的話，我可以去城西町接妳。」

日岡報上了高速巴士停靠的站名，但晶子用開玩笑的語氣婉拒了日岡的好意。

『我哪敢勞駕駐警先生親自來迎接，而且你不是最好不要離開駐在所嗎？沒問題，我自己去，你不用擔心。我想應該中午過後才會到你那裡。』

她打算從城西町搭計程車過來嗎？還是打算搭本地的公車？無論如何，晶子有自己的想法，自己還是不要多嘴，等在駐在所就好。

「好，我知道了，妳路上小心。」

日岡說完，掛上了電話。

掛上電話後，手仍然放在電話上愣在原地。

他發現自己心情有點激動。

當他努力使心情平靜時，察覺到背後有動靜。回頭一看，祥子站在樓梯中間。她在那裡站了多久？她的手扶著牆壁，目不轉睛地看著日岡。她應該看到日岡遲遲沒有上樓，所以下樓察看情況。

日岡為打電話耽誤了時間向祥子道歉。

「不好意思，讓妳久等了，那我們繼續去做功課。」

祥子沒有回答，轉身背對著日岡走上樓梯。

日岡輕輕吐了一口氣。

祥子有時候對他很親近，但有時候又對他很冷淡。

那是不是青春期特有的陰晴不定？

日岡看著剛才和晶子通電話的電話機。

晶子要來這裡。而且和國光有關——

日岡用力抿著嘴，跟著祥子上樓。

隔天，晶子一點多時才到駐在所，比原本預定的時間稍微晚了一點。

「阿秀——」

晶子叫了一聲，打開了拉門。日岡看到走進來的晶子，忍不住瞪大了眼睛。

晶子穿了一件薄質藍色洋裝，頭戴一頂寬簷草帽，肩上背著白色背包。日岡這時才發現，自己只看過晶子穿和服的樣子。

晶子脫下帽子，注視著日岡露出微笑。

「這裡好涼快，吳原還很熱。」

日岡聽到晶子的說話聲才回過神，發現她右手拎了一個行動冰箱。從她右肩下垂的樣子，不難猜出冰箱很重。

正在駐在所隔壁房間的日岡急忙穿上拖鞋，跑到晶子面前。

「妳這麼大老遠來這裡，辛苦了。這個給我拿。」

日岡說話的同時，伸手接過行動冰箱。

「謝謝。」晶子微微低頭，把冰箱交給日岡，日岡屈膝接了過來。

行動冰箱真的很重，就連他這個男人拎在手上也覺得很有份量。

晶子揉著右肩，得意地說：

「因為我想帶一些伴手禮給你，有今天早上抓到的小沙丁魚和沙蝦，還有章魚。在這種深山地區，應該買不到新鮮的海鮮，所以我就帶過來了。等一下我來做好吃的生魚片和你最愛的章魚飯。」

「不好意思，讓妳費心了。」

日岡在道謝的同時，把晶子帶進房間。

「沒想到你一個人住，整理得很乾淨嘛。」

晶子脫下高跟鞋走進屋內，巡視四周後說道。

「只是因為沒什麼東西，想亂也亂不起來。」

也許這句話聽起來像在謙虛，但也是事實。三坪大的房間內只有一台小電視和一個便宜的架子。

「妳剛才搭巴士過來嗎？」

日岡走進廚房，從行動冰箱中拿出晶子帶來的伴手禮時問道。

離駐在所最近的公車站走到這裡也要十分鐘，果真如此的話，晶子拿這麼重的東西一路走過來一定累壞了。

「我坐車過來的。」

背後響起晶子的聲音。

「坐車？」

日岡回頭問。

「當然啊，拿這麼重的東西，怎麼可能搭巴士？」

日岡從廚房的窗戶向外張望，並沒有看到車子停在那裡。而且晶子原本說十二點左右會到，他不到十二點，就一直注意外面的動靜，但不記得曾經聽到車子引擎的聲音。

晶子注視著日岡回答：

「阿守送我到附近。」

日岡手上裝了小沙丁魚的塑膠袋差一點掉在地上。

「妳和一之瀨先生一起來嗎？」

晶子點了點頭。

「正確地說，是阿守和阿守手下的五個小弟，小弟開車，總共有兩台車一起過來。」

「那一之瀨先生去了哪裡？」

日岡從廚房的窗戶探出身體向外張望，晶子在他身後回答說：

「錦秋湖。」

果然和國光有關。

一之瀨不可能特地跑來錦秋湖觀光，更何況帶了五名保鑣。

日岡轉過頭。

晶子似乎看透了日岡的想法，收起了嘴角的笑容，一臉嚴肅地說：

「阿守正在錦秋湖的停車場和國光先生見面。」

日岡察覺到自己皺起了眉頭。

一之瀨和國光密談──是為了什麼目的？

晶子轉過頭，低頭看著榻榻米。

「阿守說，雖然他很想送我過來，但如果有一大票看起來不是善類的人跑來駐在所，怕當地人會看到，造成你的困擾，所以就派了一個手下開車，讓我在附近下了車。」

晶子再度看著日岡，向他說明了和一之瀨同車來這裡的來龍去脈。

「明天要在島根舉行京田組第三代的葬禮，阿守要去參加葬禮，所以說想順便來中津鄉……我沒來過錦秋湖，也很想看看你，就請他帶我一起來。」

京田組是松江一帶經營賭場多年的幫派，第一代組長和一之瀨的老大尾谷憲次是結拜兄弟，所以和尾谷組一直有來往，一之瀨當然要基於人情來參加。

既然參加葬禮，想必都穿著黑色禮服。這些兄弟原本看起來就不是善類，再加上一身黑衣，看起來的確會很可怕。如果一群人跑來駐在所，不可能不引人注意。

原本跪坐在榻榻米上的晶子向側面伸出雙腿側坐後，抬眼看著日岡。

「阿守請我帶話給你，他在錦秋湖等你，他想看看你。」

有什麼東西爬上背脊。

一之瀨找自己幹嘛？應該不可能像晶子一樣，單純只是想看看自己。

晶子的眼神中帶著問號，似乎在問：「你要去嗎？」

一之瀨之前在志乃的二樓和國光密會，這代表一之瀨很信任晶子，所以應該也早就告訴晶子，要來中津鄉和國光見面。晶子也許知道一之瀨此行的真正目的。

兩個星期前的那天晚上，日岡在工地現場的辦公室和國光一起喝酒之後就下定了決心。無論一之瀨有什麼目的，既然和國光有關，自己就只能奉陪到底。

日岡快速把晶子帶來的東西放進冰箱後，拿起掛在房間門框上的皮夾克穿在身上。

「我出去一下。」

晶子露出了微笑，似乎鬆了一口氣，然後看著日岡剛才關上的冰箱說：

「我會做好吃的等你回來。」

日岡向晶子鞠了一躬，急忙穿上鞋子，繞去駐在所後方。

日岡騎上停在後院的ＹＡＭＡＨＡ　ＳＲ５００，發動了引擎。從狹窄的畦徑上了公路，直奔錦秋湖。日岡平時很少在這裡騎自己的車，假日出門時，不是走路就是騎腳踏車，因為他只會去走路或騎腳踏車可以到的地方。

路過的居民好奇地看著日岡騎著機車遠去的身影，日岡平時都會向居民打招呼，但此刻沒有這個心情。他看向道路前方，催著油門，奔向目的地。

在他走出駐在所的二十分鐘後，就抵達了錦秋湖，比平時工作時騎的黑機快了五分鐘。一看手錶，快兩點了。

湖畔的停車場內有三輛車子停在一起，其中一輛是國光的越野車，另外兩輛分別是賓士和富豪，都是在這一帶看不到的高級車，應該是一之瀨和他保鑣的車子，但周圍不見人影。

日岡下了機車，沿著散步道往前走，在視野良好的休息區看到一群身穿黑衣的男人。國光和一之瀨坐在稍遠處的長椅上。他們坐在可以眺望湖面的樹蔭下抽著菸，國光的保鑣高地和井戶張開雙腿站在旁邊，警戒地巡視四周。尾谷組的成員站在他們背後。

日岡鞋底踩到的小樹枝應聲折斷了。

所有保鑣都同時看向日岡，周圍的空氣頓時緊張起來。日岡停下了腳步。

一之瀨向日岡打了招呼。他身體微微後仰轉過身，坐在長椅上，輕輕舉起指間挾著香菸的手。

「喔，日岡先生，你來了啊，我和兄弟正聊到你。」

坐在一之瀨身旁的國光露出親切的笑容向日岡點了點頭。

「上次非常感謝。」

日岡慢慢走向他們兩人坐的長椅。

日岡來到面前時，一之瀨挪了挪屁股，為他騰出了空位。他在一之瀨身旁坐了下來，和國光分別坐在一之瀨的兩側。

一之瀨從胸前口袋裡拿出Hi-lite菸，默默遞到日岡面前。日岡抽出一支菸，站在身後的一名保鑣立刻拿出打火機為他點了火。

「那我就不說廢話了。」一之瀨立刻進入了正題，「今天請你來這裡，不是為別的事，而是想請你幫忙一件事。」

日岡把Hi-lite的尼古丁吸進胸腔，然後用力吐出來後問：

「什麼事？」

一之瀨的身體微微前傾，看著日岡的臉。

「不瞞你說——有一件事想請你查一下。」

兩隻紅蜻蜓在長椅前飛舞。

一之瀨從西裝口袋裡拿出一張紙片。

日岡接過後，打開了對折的紙片。

上面寫著「廣島300へ 25－××」。是車牌。

「我想知道這輛車的車主是誰。」

日岡忍不住感到訝異。警察只要一查車牌，的確可以查到車主的身分，問題是仁正會在縣警和轄區分局有很多熟人，不需要特地找自己這個鄉下的駐警幫忙。

日岡反問道：

「一之瀨先生，對你來說，查車牌根本是小事一樁。」

「嗯。」

一之瀨低吟了一聲，陷入了沉默。

國光一直注視著湖面。

過了一會兒，一之瀨開了口。

「問題就在於不能這麼做。」

「為什麼？」

日岡看著一之瀨的臉直截了當地問。

一之瀨還是不願說出原因。

國光在一旁插嘴說：

「兄弟，沒關係啦，該說的不說，就得不到想要的東西。」

一之瀨沉默不語，似乎在思考，然後下定決心似地吐了一口氣，把仁正會內部的派系角力告訴了日岡。

大部分情況和之前從唐津口中得知的消息差不多。一之瀨告訴日岡，笹貫在第二代會長爭奪戰中落敗，如今在幫派內也沒有擔任任何職位，但最近不斷擴張勢力，似乎正在策劃趁第二代會長溝口服刑期間，扳倒溝口的小弟、最有可能接班成為第三代會長的現任理事長高梨。笹貫和五十子會的餘黨聯手，試圖在吳原鬧事。

「我的手下在吳原料亭的停車場看到了笹貫，烈心會的橘也在場。」

橘一行在五十子的義弟中輩分最高，在五十子遭到暗殺後，和加古村組的餘黨結合成立了吳原烈心會，由他擔任會長。

一之瀨的小弟守在停車場監視。三十分鐘後，看到一輛廣島車牌的車子駛向料亭玄關，三個男人走了進去。

「因為那個小弟躲在圍牆後面，所以沒有看到車上的人的長相。」

廣島車牌的男人很小心謹慎，離開時也把車子開到玄關後上車，所以一之瀨的小弟只有在車子停入停車場時抄下了車牌。

「所以你想知道車主的身分？」

日岡向一之瀨確認。

「沒錯。」

一之瀨點了點頭。

日岡恍然大悟。

一之瀨之所以找自己幫忙，代表他認為密會的那些人很可能和仁正會有關，而且很可能是和警方有密切關係的主流派人物。一旦動用仁正會在警方的內應，很可能打草驚蛇，知道一之瀨在查這件事，所以才會找上日岡。

「原來如此——那我有什麼好處？」

一之瀨露出意外的表情。

「我以為你向來不收錢……」

「我不要錢。」

日岡不加思索地回答。

他看著前方，小聲對一之瀨說：

「但我希望你提供消息。」

一之瀨也輕聲問：

「你想要什麼消息？」

「仁正會內部——林林總總的消息。」

一之瀨尖聲問：

「你要我當奸細嗎？」

日岡瞪著一之瀨，加強語氣說：

「你不也叫我當奸細嗎？」

兩個人都用力瞪著對方。

國光突然大聲笑了起來。

「兄弟，這一回合你輸了。」

一之瀨輕輕咂著嘴，對著地上吐口水。

「好吧，交易成立。」

日岡站了起來，對一之瀨說：

「我會在兩天之內和你聯絡。」

日岡轉身走向機車時盤算起來。

只要說在管區看到可疑車輛要求照會，很快就可以查明車主身分。

誰是主流派中的叛徒？

他想起唐津之前在駐在所喝酒時說的話。

——笹貫最近和瀧井走得很近。

自己能夠在火拼爆發之前調回廣島嗎？

不，一定要回去。

一定要升上巡查部長。

一定要親手為國光銬上手銬。

日岡打開駐在所的門，立刻聞到了和平時不一樣的氣味，忍不住用力吸著鼻子。

屋內飄出了醬油長時間燉煮後的香噴噴味道。

也許是聽到了打開拉門的聲音，繫著圍裙的晶子從裡面探頭張望。

「阿秀，你回來了。」

晶子的態度很自然，好像她之前就一直住在這裡，反而讓日岡有點不知所措。

日岡脫下鞋子走進房間，一看矮桌，大吃一驚。因為桌上放滿了晶子做的菜。

晶子打開飯鍋的蓋子，用飯杓攪拌時說：

「章魚飯也好了，原本想把平時用的蒸籠帶來，但實在太重了，所以借用了你的飯鍋。不好意思啊，沒有事先問你。」

「妳千萬別這麼說。」

日岡用力搖頭。

日岡覺得自己必須向晶子道謝，晶子完全沒有理由向自己道歉。

晶子把章魚飯裝在飯碗裡，放在托盤上端到了矮桌前。日岡慌忙坐了下來。

晶子把飯碗放在日岡面前，在對面坐了下來，解下了圍裙。

「我煮了很多，你多吃點。」

「那我就開動了。」

日岡合起雙手說完後，拿起了筷子。

桌上放著生魚片、燉菜和炸天婦羅，他不知道該從哪一道菜下手，最後伸手拿起了章魚飯大口吃了起來。章魚的鮮美滲進飯裡，切成一口大小的章魚煮得很軟，口感絕妙，讓他忍不住一口接著一口。

晶子沒有問日岡，一之瀨和他聊了什麼，只是心滿意足地看著日岡吃著她親手製作的菜餚。也許她認為自己既不是警察，也不是黑道兄弟，不應該過問這種事，也可能認為即使問了，日岡也不會告訴她。也許兩者都是。

晶子看著日岡默默吃飯，發出了意味深長的呵呵笑聲。

「有什麼好笑的？」

日岡問。晶子把手肘架在矮桌上，把下巴放在握起的雙手上。

「你還真不是省油的燈。」

日岡聽不懂她在說什麼，皺起了眉頭。

「你剛才回來的路上，沒有遇到一個年輕女生嗎？她剛才來過這裡，問你在不在。我說你有事出門了，但她看到我很驚訝。」

日岡腦海中浮現祥子的身影。除了祥子以外，不會有其他年輕女生來駐在所，八成是修造又要她來送什麼東西。

日岡慌忙向誤會的晶子解釋：

「她是住在附近的女孩，應該是她爸爸叫她來送東西，才不是妳想的那種關係。」

晶子輕輕搖了搖頭。

「不，我不知道你對她的想法，但她不一樣，她喜歡你。」

日岡驚訝地說：

「她還是高中生。」

「女人喜歡男人，和年紀沒有關係。」晶子斬釘截鐵地說，「她狠狠瞪我，那是看情敵的眼神，絕對不會錯。」

日岡一口氣吃完飯碗裡剩下的章魚飯，胡亂地遞給晶子。

「我可以再吃一碗嗎？」

日岡平時都會自己起身裝飯，不會請別人幫忙。他遞上飯碗，是藉此向晶子表達小小的抗議。

晶子看到日岡愛理不理的態度，露出有點驚訝的表情，但立刻笑了起來。這次她真的覺得很好笑。

「好，好，馬上就來。」

晶子接過飯碗，從榻榻米上站了起來。

兩個人吃完飯，收拾完畢，剛坐下來喘一口氣，就聽到有車子停在外面的聲音。

晶子看著牆上的時鐘站了起來。

「還真準時。」

日岡也看向時鐘。剛好是傍晚六點。

一之瀨直接前往島根，兩輛車中有一輛會帶著晶子回吳原。一之瀨為了接送晶子，特地派了一輛車和一名司機。

晶子走出駐在所坐上車後，打開後車座的車窗，向日岡揮著手。

「阿秀，那就改天見了。剩下的章魚飯要趕快吃完，以免壞掉，也可以做成飯糰冷凍起來。」

「謝謝。」

日岡深深鞠了一躬。

晶子注視著日岡，隨即深有感慨地說：

「希望你趕快回來。」

晶子關起車窗的同時，車子就離開了。

日岡目送著車尾燈在暮色中漸漸遠去，突然發現身後有人。

他猛然轉過頭，發現祥子站在那裡。

她簡直就像是等晶子離開後才出現。

日岡問默默站在那裡的祥子：

「這麼晚了，妳怎麼在這裡？聽說我不在的時候妳也來過，有什麼事嗎？」

祥子緊抿著嘴，把右手伸到日岡面前。她手上拎的包裹裡裝著大瓶日本酒。

果然是修造要她送東西過來。雖然日岡一再要求修造不必這麼費心，但修造還是整天送東西過來。就像每次受邀吃晚餐一樣，日岡總是盛情難卻，最後只能收下他的好意。

日岡遲遲不伸手接，祥子低下頭，硬是把包裹遞了過來。

祥子並沒有過錯，而且還特地跑了兩次。日岡這麼一想，就感到很抱歉，最後只好收下。

日岡在道謝時，笑著對祥子說：

「妳回家的路上要小心，代我向妳爸爸問好。」

祥子沒有說話，咬著嘴唇，轉身跑走了。

日岡注視著祥子的背影，想起了她剛才的眼神。

祥子抬起頭時，他們的視線短暫交會。祥子的眼中充滿了日岡以前從來沒有見過的強烈眼神。嫉妒和憎惡、憐憫和眷戀——那是交織了各種感情的眼神。

——那個女生喜歡你，絕對錯不了。

日岡的耳邊響起晶子的聲音。

他想叫住祥子，但還是把已經衝到喉嚨口的名字吞了下去。即使叫住了她，也不知道該說什麼。

日岡並不知道祥子對自己的感覺，但他現在無暇思忖祥子的心情。

他走進駐在所，為月曆上的今天打了一個叉號，在客廳仰躺了下來。

他雙手抱在腦後，注視著日光燈。

目前他滿腦子都只想著國光和一之瀨的動向。

中元節已經過了十天，陽光漸漸變得柔和，吹來的風中也帶著秋天的味道。這幾天，早晚都感覺有點涼，但今天可能受到高氣壓的影響，一大早就烈日當空，陽光燦爛，好像回到了盛夏季節。這一帶的小孩子都趁著這個萬里無雲的好天氣，盡情享受暑假最後一個星期天。

流經中津鄉正中央的赤川，也有許多戲水的小孩子。有人穿著T恤、短褲玩水，也有人用竹簍撈魚。

國光聽著遠處傳來小孩子的嬉戲聲，忍不住露出笑容，充滿懷念地說：

「在我小時候，每逢暑假，就在河裡從早游到晚，無論游多久都不覺得膩。小孩子真的很不可思議。」

在福中長大的國光用一口廣島話說話。

「我也經常在附近的河裡游泳。」

日岡在他身旁垂著釣魚竿附和道。

「但是每次學校上游泳課時，我就很討厭，經常翹課。」

日岡忍不住笑了起來。

「我能夠理解。」

上游泳課時，幾乎都是學習踢腿、甩水這些基礎動作，即使想要自由地在水裡游來游去，重視安全和集體行動的老師也不允許。日岡也很討厭必須抱著膝蓋坐在游泳池畔，輪到自己游的時候才能下水的游泳課。

國光發出自嘲的笑聲。

「我從小就討厭別人對我指手畫腳。」

日岡不難想像國光在老師面前表現出反抗的態度，他應該無法適應聽從指揮的集體行動。面對自己不想服從的指示，即使對方是老師，他應該也會無視。日岡想像著國光在警察學校瞪著教官的樣子，忍不住覺得很好笑。

「如果你當警察，恐怕連三天都撐不下去。」

國光揚起右側嘴角，語帶嘲諷地說：

「我想也是，不過如果你當黑道兄弟，恐怕也撐不到三天。」

國光說，無論黑道兄弟還是警察，都是必須絕對服從上意的縱向社會。如果警察討厭上司，可以申調異動，甚至最後可以辭職不幹。但是，黑道兄弟即使和老大再怎麼不和，除非為了大義，否則很難斷絕關係。在黑道的江湖，一旦飲酒為盟，就必須一輩子跟隨老大。

「我們無法像警察那樣隨心所欲。」

日岡覺得這番話很不公平，忍不住打斷了他。

「兄弟也可以退出幫派，規矩做人不就解決了嗎？」

日岡說完這句話，才想到國光剁掉一根手指，急忙補充說：

「雖然需要付出一根手指的代價……」

國光苦笑著，舉起沒有小拇指的左手。

「我自己剁了手指，這麼說有點那個。其實現在已經不流行剁手指了，通常只要繳錢就可以退出幫派。雖然我這裡既不用繳錢，也不用剁手指。」

國光說完這句話轉過頭，看向那些注意觀察周圍的小弟。

「說回剛才的話題，」國光繼續說了下去，「正因為這樣，兄弟必須具備識別老大的能力。在黑道社會，必須發自內心崇拜老大，才能夠結拜。」

國光的老大北柴兼敏是關西一帶出了名的老派黑道老大。之前曾經聽一之瀨提到，北柴雖然重視義氣，但對金錢很淡泊。

——北柴老大和我老大很像。

「你為什麼會和北柴老大結拜？聽說是老大吸收你？」

「哼，」國光不以為然地用鼻子發出笑聲，「老大怎麼可能吸收我？」

釣魚竿從剛才就完全沒有任何動靜，只是在混濁的淺灘投下陰影。雖然日岡很想趕快知道之前打聽的消息，但努力克制著自己。

稍安勿躁。他這麼告訴自己。

他們正在彎度緩和的深潭邊——這一帶是日岡喜歡的釣魚場，剛好處在周圍都看不到的死角位置。身後是很高的山崖，上方是只能一輛車子通行的窄路。山崖中間長著樹木，日岡和國光剛好在樹木重疊的樹蔭下方。

擔任國光保鑣的三個小弟在不遠處待命，萬一有人靠近，他們就會向兩個人發出暗號。

「我崇拜老大，在他家門口跪了三天三夜。」

日岡記得之前在週刊的報導中看到，國光從高中時代開始就是遠近馳名的不良分子。他去了神戶之後，不是成為一票不良分子的頭領，在鬧區逍遙快活嗎？後來和明石組下游幫派的黑道分子打架，被抓到黑道的辦公室差點沒命，最後是北柴救了他一命。

「你如果要加入，他們一定張開雙臂歡迎，為什麼要下跪？」

國光從行動冰箱裡拿出一罐啤酒遞給日岡。

「謝謝。」

日岡道謝後接了過來。

國光把釣魚竿夾在腋下，打開拉環後喝了一口。

「我事後才聽說，因為我是商船大學的學生，所以才遭到拒絕。」

日岡想起國光當時是國立神戶商船大學的學生。

國光吐了一口氣後繼續說了下去。

「當初如果知道是這個原因，我一定會馬上申請休學，然後重新上門，但我老大向來什麼都不說，但我也是鐵了心要跟他，被他趕出門外後很不甘心——所以就乾脆賭氣坐在他家門前。」

日岡回想起週刊雜誌上的報導內容。

國光當時不僅是國立大學的學生，父親還是貿易公司的董事長，家境很優渥。也許和普世的價值相反，這些經歷對他成為黑道兄弟反而不利。

國光說，他當時飢腸轆轆，又想要抽菸，簡直受不了。但他不知道老大什麼時候會看到他，所以就忍住不抽菸，也不睡覺。附近的居民雖然知道那是黑道老大的家，但第二天看到他時，原本好奇的眼神也漸漸充滿了狐疑。

「第二天晚上，住在老大家裡的手下用托盤端了包了保鮮膜的飯糰和一瓶茶給我，小聲叫我加油。那真是太好吃了，淚水為飯糰增加了鹹味，根本不需要醬菜。我一邊吃，一邊在心裡合起雙手。沒騙你。那個人就是杉本叔叔，我至今仍然無法忘記叔叔的恩情。」

日岡在腦海中翻閱著黑道幫派的偵查資料。

杉本昭雄帶領的杉本組是北柴組旗下的團體，是心和會神戶支部的核心組織之一。總共有大約三十名組員，在心和會擔任常任理事的國光地位更高，但在黑道的輩分上，身為北柴義弟的杉本，比身為老大長子的太子輩分更高，這就是黑道結拜關係的複雜之處。

國光把啤酒舉到嘴邊說：

「第三天早晨下起了雨。」

日岡忍不住問：

「那時候是幾月？」

「十月底的時候。」

十月下旬時，早晨的氣溫差不多十度左右。如果下雨，體感溫度會再降兩、三度。搞不好不光會感冒，甚至可能會引起肺炎。

「那時候真的冷死了。」

國光似乎想起當時的情景，肩膀忍不住抖了一下。

「結果呢？」

日岡忘了打開啤酒的拉環，身體往前傾問道。

「那是一場及時雨。因為那場雨，老大讓我進了屋。看到我淋了三個小時的雨，終於心生憐憫。然後叫人讓我進門，為我燒了熱水，讓我馬上泡了澡。當時泡的澡真是舒服極了，我忍不住覺得，原來這就是死而復生的感覺。」

國光津津有味地一口氣喝完剩下的啤酒，用襯衫袖子擦著嘴角的泡沫。

日岡看著國光的鬍子，忍不住笑了起來。

「你的鬍子掉了。」

國光聽了，慌忙把假鬍子黏回原來的位置。

國光和三個小弟都喬裝打扮了一番。他們戴著寬簷草帽，脖子上綁著毛巾。國光還戴了假鬍子，穿著釣魚背心。三個小弟的打扮也和他差不多，如果有人在遠處看到，會覺得他們一群人來釣魚，誰都不會猜到他們是通緝犯和警察。

「我在老大家住了整整一年，在二十歲的時候，才終於和老大結拜。那段日子真的很嚴格，從掃庭院到擦走廊，還要打掃浴室、煮飯、洗衣服、買菜——雖然之前就做好了被當傭人的心理準備，但只要稍不留神，就會挨揍，簡直快死了。」

國光看著日岡的臉笑著說：

「警察學校應該不會挨揍吧？」

警察學校雖然會當面辱罵，但不至於明目張膽揍人，只不過如果有一個人犯錯，就會視為全體都有連帶責任，必須接受懲罰性訓練，所以很難分辨孰上孰下。

日岡據實以告，國光的喉嚨發出呵呵的笑聲說：

「原來是這樣啊，那當警察搞不好比黑道更難混。」

背後傳來憋笑的聲音。回頭一看，國光的三個小弟都低著頭，肩膀抖得厲害。

日岡也放鬆了嘴角，把啤酒倒進喉嚨。河面反射著陽光，熠熠閃亮。

國光舉起雙手，舒服地伸了一個懶腰。

「話說回來，這裡真是個好地方啊，坐在樹蔭下，別人看不到，又剛好有大石頭和深潭，簡直是釣魚的好地方。你該不會有時候來這裡摸魚吧？」

「我怎麼可能做這種事？」

雖然知道國光在開玩笑，日岡基於身分的關係，還是一臉嚴肅地否認了。

日岡在假日時來釣魚的這個地方的確不引人注目，但他愛上這裡的原因，不光是可以避人耳目，更因為這裡離公用電話最近。

沿著山崖上的獸徑往上爬到縣道，就是公車站和公用電話。日岡在假日出門時，都會挑選離公用電話最近的地方，定期打電話回駐在所，確認答錄機是否有留言。

今天會和國光相約見面，也是因為聽到了留言。

日岡這天不當班，一大早就來釣香魚。

他離開駐在所時，都會在門口掛一個牌子。牌子上寫著，如果自己不在時發生了任何狀況，請聯絡城山町的駐在所。發生狀況時，城山町的駐警會用無線聯絡日岡。

雖然日岡一大早就開始釣魚，卻遲遲沒有任何收穫。

他提早吃完了帶來的飯糰當午餐，走去打電話確認答錄機時，發現有一通留言。留言的對象是義誠聯合會的川瀨，就是一個月前的那天晚上，開車來駐在所接日岡的那個手下。

川瀨結結巴巴地留了言。

『是我，我是川瀨，高爾夫球場工地的川瀨。非常抱歉，在你休假時致電打擾。因為有事想要聯絡，所以打了這通電話。是否可以請你在方便時回電。呃，電話號碼是——』

川瀨重複了兩次電話號碼後，掛上了電話。

日岡的記事本上有管理辦公室的電話號碼。

日岡掛上電話後，維持原來的姿勢看著前方。

川瀨說的「有事」，應該就是他之前請國光調查的消息。

半個月前，一之瀨在錦秋湖請日岡幫忙調查一輛車子的車主。仁正會在警察內部也有內應，一之瀨又在仁正會內擔任要角，特地請日岡幫忙，顯然不想讓幫派內的其他人知道仁正會派系鬥爭的事。

日岡提出交換條件後答應幫這個忙。雖然自己成為了奸細，但一之瀨也要當自己的奸細——這是奸細和奸細之間的約定。

日岡在隔天立刻查出了一之瀨想要瞭解的那輛車子的車主。

他聯絡了主管分局交通課，說在禁止停車區域發現了一輛可疑車輛，請求照會車牌。

交通課的資深巡查長用慵懶的聲音回答說：

『那我來調查一下，查到之後，就會打電話通知你。』

三十分鐘後，就接到了巡查長的聯絡。

『你想查的那輛車子的車主已經查到了，你手上有紙筆嗎？』

日岡用下巴夾著電話，慌忙拿起了筆。

巡查長輕咳了一下，把查到的內容告訴了他。

車主名叫富岡妙子，今年三十七歲。購車時的地址是廣島市元北町，三個月前向當地經銷商購買了這輛新車。

妙子名下的這輛車是賓士的E Class，如果輪胎或是內部裝潢講究一些，就會輕鬆超過一千萬圓。

『一個不到四十歲的女人開這麼好的車子……不是有錢人家的太太，就是做酒店生意賺了大錢。』

巡查長發出驚訝的嘆息，咬牙切齒地說「那就好好罰她一筆」，然後就掛上了電話。

日岡掛上電話後，再度檢視了自己記下的內容。

他努力回想，但並不記得看過富岡妙子這個名字。

日岡再度拿起電話，撥打了記在腦海中的一之瀨手機號碼。電話響了兩次就接了起來，聽到一個熟悉的聲音。

「喂，是我。」

日岡立刻進入了正題。

「關於那輛車，已經查到車主身分了。」

一之瀨在電話彼端發出了嘆息。

『是嗎？你動作真快啊，不愧是大上先生的得意門生。』

日岡沒有理會一之瀨有口無心的奉承話，把從車牌查到的車主身分告訴了他。

『富岡妙子嗎？』

日岡隔著電話，也可以感受到一之瀨倒吸了一口氣。

「你認識這個女人？」

一之瀨的話音剛落，日岡立刻問道。

『不，沒聽過這個名字。』

一之瀨不加思索地否認。

他知道這個名字——

日岡確信了這件事。如果一之瀨沒聽過那個名字，一定會問自己更多關於那個女人的年齡、住址之類的資料。

一之瀨為什麼要隱瞞？

日岡又追問說：

「這個妙子是不是哪個大哥的女人？這個女人背後的人，是不是想和笹貫、烈心會聯手，爭奪第三代會長的位子？或是試圖導致仁正會分裂？」

『不知道啊。』一之瀨不願明說，『也可能是笹貫和烈心會的橘找了老朋友一起喝酒。』

事到如今，根本騙不了人，但一之瀨為什麼無法說出來？

日岡整理了思緒。

一之瀨似乎無法忍受沉默，慌忙繼續說道：

『不好意思，讓你費心了。這件事請不要外傳，這個人情日後必還。』

一之瀨道謝後，就想掛電話。

日岡正想制止，電話中已經傳來掛斷的聲音。

他忍不住咂著嘴。

日岡放下電話後，再度整理思緒。

在吳原的料亭密會的絕對是笹貫和烈心會的橘，以及和富岡妙子有關的黑道兄弟。一之瀨知道妙子的名字，卻在日岡面前裝糊塗。這代表——

日岡有兩個方法可以確認。

第一個方法，可以透過吳原東分局的前輩唐津調查富岡妙子背後的關係，但無法保證唐津不會告訴仁正會的相關人物，萬一走漏了風聲，很可能成為引發火拼的導火線。

還有一種方法，就是運用國光的消息網。只要透過黑道的關係查出妙子的男人，就可以瞭解謀略的背景。國光絕對不會做出會危及一之瀨的行為，如此一來，就能夠在不被警方和仁正會察覺的情況下，蒐集到相關資訊。

日岡再度拿起電話，撥打了高爾夫球場工地管理辦公室的電話號碼。

國光在電話中聽了日岡提出的要求後，陷入了很長的沉默。

「國光先生，」日岡無法忍受這份沉默，「有困難嗎？」

『不，並不是做不到——』

「那有什麼問題嗎？」

『我認為你最好別再涉入這件事。』

日岡用力吸了一口氣說：

「我因為你的事，已經整個人都陷進去了。」

國光輕聲笑了起來。

「這件事——」日岡加強了語氣，「就當作是一部分封口費。」

國光大聲笑了起來。

『只是一部分嗎？沒想到你獅子大開口啊。』

國光笑了一陣子之後，恢復了嚴肅的聲音。

『好，一有消息就通知你。』

國光說完這句話，就掛上了電話。

山上吹來的風吹過河面，拂過臉頰。

國光一臉陶醉地抽著菸，垂著釣竿。

日岡漸漸著急起來，看了一眼手錶，即將十二點五十分了。

國光來這裡快一個小時了。

日岡正打算開口問那個女人的事，國光似乎猜透了他的心思，搶先開了口。

「甲斐田會——你聽過嗎？」

國光突然這麼問，日岡有點驚訝。

「甲斐田會？是岩邦的甲斐田會？」

國光把菸灰彈進啤酒空罐，笑了笑說：

「沒想到你竟然連這麼小的幫派也知道。」

甲斐田會是廣島市西南部岩邦町的一個小幫派，組長甲斐田孝治是和山口的名門「伊野虎一家」有淵源的賭徒，在伊野虎一家解散之後，回到了故鄉，成立了幫派，包括太子在內，總共只有十一名手下。幫派的主要收入來自在島上經營賭場，是靠賭博為生的幫派。

小小的港灣城鎮並沒有太多利權，所以之前從來沒有任何幫派打岩邦的主義。在廣島的多次火拼事件中，甲斐田會也始終維持中立的立場，更沒有加入仁正會，一直走獨立路線。

「甲斐田會怎麼了？」

國光注視著釣竿前端的浮標，好像自言自語般說：

「甲斐田會的太子名叫村越信廣，他的女人在廣島的藥研大道上開了一家名叫『萊姆』的酒店，那家酒店的媽媽桑就是富岡妙子。」

日岡忍不住發出低吟。

甲斐田會為什麼和笹貫——？他無法瞭解其中的意圖。

「那輛車子的車主是村越的女人，也就是和甲斐田會有關嗎？」

國光靜靜地點了點頭。

「但甲斐田會根本沒什麼用啊，既沒有戰鬥力，也沒有資金。」

日岡忍不住問了內心的疑問。

國光用鼻子冷笑一聲說：

「濫竽還是可以充數。」

雖然也不是全無道理。

國光目不轉睛地看著日岡的臉說：

「——原本想就當作是這麼一回事，但我還是決定對你實話實說。」

難道還有隱情？日岡凝視著國光的臉。

國光看著日岡，壓低了聲音說：

「村越在一年前，和瀧井組的太子結拜為兄弟。」

「和佐川？」

日岡太驚訝了，說話的聲音也忍不住變尖了。甲斐田會至今為止非但沒有和任何幫派結盟，甚至從來不和其他幫派來往。為什麼現在和瀧井組聯手？

日岡快速整理頭緒。

姑且不論甲斐田有什麼目的，如果國光的話屬實，和村越結拜的佐川很可能是那次密談的幕後黑手，但佐川是瀧井組的太子，瀧井組曾經和五十子會、加古村組有過節，難以想像會和由那兩個幫派的餘黨組成的吳原烈心會合作。之前從唐津口中得知，笹貫和瀧井走得很近，但是烈心會三番五次找殺害老大的仇敵一之瀨的麻煩。瀧井不可能背叛一之瀨。廣島到底發生了什麼事？

「村越和佐川合作，開始經營棒球賭博，聽說最近手頭很闊綽，所以他的女人也開高級車。」

日岡終於恍然大悟。光憑酒店的收入不可能買賓士，但瀧井是在瞭解村越的動向後默認這一切，還是佐川擅自行事？

「瀧井先生——」

日岡正打算說出內心的疑問時，上游那裡傳來了女人的慘叫聲。

「救命！救命啊！篤史被水沖走了！救命啊！」

日岡很熟悉那個聲音。是祥子。

他起身看向上游的方向，發現有一個黑色的東西在水流中浮浮沉沉。

那是小孩子的頭。

他還來不及思考，就已經採取了行動。

他跑向上游的方向。

那個小孩子一定在上游的淺灘玩耍時，不小心被水沖走了。上游雖然是淺灘，但日岡他們所在的位置附近是深潭，不僅水很深，而且底部的水流形成了渦流，一旦被捲入，就連大人也很難站穩。

樹叢擋住了去路。

日岡脫下靴子和皮帶，正準備跳進河裡。

就在這時，旁邊冒起了水柱。

是國光。

日岡也跟著跳了下去。

背後連續傳來好幾聲水聲。

應該是國光的小弟也跳進了水裡。

日岡跟在國光身後，拚命游向小孩子。

「篤史，篤史！」

祥子的叫聲從上游慢慢靠近。

國光剛才說自己很擅長游泳，他以驚人的速度接近隨著水流沖過來的小孩子，在那個小孩子即將沉入水中的前一秒，抱住了孩子。

日岡也在幾秒鐘後趕到，協助國光一起扶著小孩子的腦袋，兩個人一起游到了對岸。來到淺灘時，發現高地和川瀨等在那裡。他們應該看到狀況之後，直接游到了對岸。

他們從國光手上接過小孩，小心翼翼地抱到河岸。

日岡腰部以下都浸在水中，用肩膀喘著氣。

不知道是否剛才被水嗆到了，他不停地咳嗽。

國光雙手好像游泳般撥著水，快步走向河岸。

日岡急忙追了上去。

費了好大的力氣，才終於踩在乾乾的小石頭上。

抬頭一看，高地和川瀨正輕輕讓小孩子躺在地上。

日岡全速跑了過去。

那名少年看起來像是小學低年級的學生。

日岡蹲了下來，確認他是否還有呼吸。

「弟弟！弟弟！你聽到我的聲音嗎？如果可以聽到，請回答我！」

他在少年的耳邊大叫，但沒有聽到回答。

日岡把耳朵貼在少年印了卡通人物的T恤胸口，確認他的心跳。他的心臟還在跳動，胸口也微微起伏，同時確認到少年還有微弱的呼吸，但是，他的腹部異常地鼓了起來，八成喝了不少水。

日岡讓少年側躺後，把手指伸進他的舌頭深處，用力向下一壓。少年立刻把水吐了出來。日岡壓了多次之後，少年的呼吸漸漸恢復了正常。

「怎麼樣？可以救回來嗎？」

身後傳來國光的聲音。回頭一看，發現他和川瀨、高地一起圍在日岡身邊。

日岡將視線移回少年身上，摸著他冰冷的臉頰說：

「沒有生命危險，雖然意識有點模糊，但應該是被水沖走受到了驚嚇，我想很快就會清醒。只不過喝了不少水，所以必須馬上送去醫院接受治療，我猜想水進入了肺部，有可能會造成細菌感染。」

國光對著高地揚了揚下巴說：

「喔喂，叫他用上面的公用電話打一一九。」

「是！」

高地跑到河邊，雙手放在嘴邊大叫著：

「喂！救護車！救護車！」

留在對岸的井戸用雙手比了一個很大的圓表示知道了，然後轉過身，消失在樹林中。

就在同時，祥子跑了過來。

「篤史！」

日岡大吃一驚，看著圍在少年身旁的國光等人。他們三個人都穿著薄質的長袖襯衫，但浸了水之後，襯衫變得很透明，可以看到他們身上的刺青。國光的墨鏡不見了，鼻子下方的鬍子也沒了。應該是剛才游泳時被水沖走了。

他們此刻的臉和通緝令上照片一模一樣。

國光轉身背對不時踩到河岸上的石頭跑過來的祥子，命令保鑣說：

「我們走。」

接著又小聲對日岡說：

「那件事改天再聊。」

說完，就走向下游的方向。他們應該打算從兩百公尺前方的那座橋回到對岸。

日岡點了點頭，將視線移向祥子。

祥子穿著T恤和熱褲，臉色蒼白，汗水從她的額頭流了下來。她的膝蓋流著血，可能是剛才跑過來時跌倒了。

祥子跑到日岡的身旁，一看到少年，立刻發出了近似悲鳴的叫聲。

「篤史！篤史！你沒事吧？」

她在說話的同時，緊緊抱著少年的身體。

「祥子，妳不要激動，他沒事，已經沒有生命危險了。」

祥子臉色鐵青地看著日岡問：

「真的嗎？真的沒有生命危險了嗎？」

日岡用力點了點頭。

「啊，太好了！」

祥子渾身放鬆了下來，把臉埋在緊緊抱著的少年胸前。

「妳認識他嗎？」

祥子的肩膀顫抖，點了點頭。

這名少年名叫宮嶋篤史，是祥子的表弟，住在廣島市區，今年讀二年級。他利用暑假最後一個星期天，來到祥子家玩。他們在河裡玩水時，篤史不小心跌進水深處，結果被水沖走了。

祥子帶著哭腔向日岡說明了這些情況，然後抱著少年哭了起來。她似乎為自己和少年一起玩，卻讓他溺水產生了罪惡感。

日岡撫摸著祥子的後背，試圖讓她的心情平靜下來。

「已經叫救護車了，等救護車到了之後，我們一起陪他去醫院。」

祥子用含淚的雙眼看著日岡問：

「剛才還有其他人一起救篤史，他們去了哪裡？」

她沿著河岸跑過來時，應該看到了救人的場景。

日岡不可能告訴她，是通緝犯救人，所以沒有回答。祥子看向日岡身後，日岡也跟著轉頭看向身後。

國光他們正在對岸抱著釣魚的工具。

「是他們救了篤史吧？」祥子說完站了起來，「我要去謝謝他們。」

「祥子，等一下。」

日岡把手放在正準備對著對岸大叫的祥子肩上，制止了她。

祥子轉過頭問：

「為什麼阻止我？既然他們是篤史的救命恩人，就要問他們住在哪裡，改天我爸爸也可以去登門道謝……」

祥子說到這裡，突然住了嘴。雖然相距三十公尺的距離，但可以清楚看到準備爬上山崖的國光背後的龍。

國光來到視野開闊的獸徑轉角時轉頭看了一眼，可以清楚看到他沒有變裝的臉。他應該很關心少年的安危。

國光立刻轉頭看向前方，消失在下游的方向。

日岡的後背冒著大汗。

祥子有沒有看到國光身上的刺青?

他用眼角偷瞄祥子的表情。

祥子露出嚴肅的眼神注視著國光消失的方向。

那天晚上,祥子和父親,還有篤史的父母四個人一起來到駐在所。

篤史溺水後立刻被救了起來,而且馬上送到醫院接受治療,所以避免了嚴重後果。目前並沒有發現感染症狀,一切平安。為了安全起見,仍然住院觀察,如果沒有異常,兩天後就可以出院回家了。

「多虧了駐警先生救了我們兒子一命,真的萬分感謝。」

篤史的父親遞上了糕點禮盒,在玄關深深鞠躬。篤史的母親也在一旁鞠躬道謝。

「幸虧沒有造成嚴重後果。」

日岡拿著糕點禮盒,四平八穩地回答。

救篤史一命的並不是自己,而是國光。

日岡的心情很複雜。

眼前這些大人和把篤史送去醫院的人,都以為是日岡救了篤史。因為祥子這麼告訴他們。祥子隻字未提自己看到的那幾個男人。日岡並沒有拜託她，但她可能猜到了什麼。

幾個大人頻頻鞠躬，離開了駐在所。

日岡送他們出去，正準備轉身走回駐在所時，身後傳來說話的聲音。

「日岡先生。」

回頭一看，祥子站在那裡。

祥子走到日岡面前直視著他。

「今天非常感謝，謝謝你幫了大忙。」

日岡有點不知所措。

祥子明知道還有其他人救了篤史的性命，但還是故意這麼說。

日岡不敢正視祥子，轉移了話題。

「你們真是太客氣了。」

日岡舉起禮盒說。祥子停頓了一下問：

「日岡先生，也有幫了你的忙嗎？」

日岡驚訝地看著祥子。

祥子注視日岡的雙眼有點濕潤。

祥子好像突然成熟了。

日岡不知所措，說不出話。祥子轉身跑向回家的方向。

救篤史一命至今已經過了三天。

國光完全沒有和日岡聯絡，祥子也沒有再說什麼。

表面上風平浪靜，但日岡內心感到很不安，總覺得在看不到的地方漸漸有了動靜。

結束一天的勤務，他正打算寫日誌時，駐在所的電話響了。

電話是駐在所主管分局的比場分局地域課課長角田智則打來的。

『你可不可以從九月四日開始，去江田島四天？』

角田劈頭就這麼說。

在中國管區內，每年會針對年輕警察舉辦一次四天三夜的合宿進修，角田打算派日岡去參加。

日岡感到納悶。

合宿進修通常都會指名優秀的年輕警察參加，不可能派駐在所的巡查去參加。

「為什麼找我去？」

日岡坦率地問了內心的疑問。

角田猶豫了一下，似乎不知道該不該說實話，最後幽幽地說：

『是縣警的課長推薦你。』

原來是齋宮指名日岡參加。齋宮是日岡在吳原東分局時代的上司，今年春天被調去縣警總部擔任搜查四課的課長。

『雖然我覺得根本沒必要找你這種在鄉下地方的人去參加，但既然四課課長親自指名，當然不能不把他的意見當一回事。』

從角田不滿的語氣中不難發現，他覺得與其派鄉下駐在所勤務的駐警去參加，他更希望派自己中意的下屬去參加。

『你去參加進修期間，會從比場分局派人去代班。既然你要去，就好好參加進修，絕對不能讓比場分局蒙羞。』

角田說完，不等日岡回答，就掛上了電話。

進修的前一天，日岡前往江田島途中，繞去了縣警總部。他打算去向齋宮打聲招呼。

他等在四課的課長室，齋宮開完會後回到了辦公室。

「喔，你看起來很有精神嘛，你特地來看我嗎？」

「對。」日岡回答後，向齋宮鞠了一躬。

「謝謝課長這次推薦我。」

他們聊了一陣子共同認識的熟人近況，當話題中斷時，齋宮主動提起這次合宿進修的事。

「這次找你去參加進修，你有沒有嚇一跳？」

日岡特地來看齋宮，就是想瞭解這次挑選自己是否有什麼內幕。

沒想到在發問之前，齋宮就主動提起，日岡暗自鬆了一口氣。

「無論怎麼想，都想不透為什麼選上我。」

齋宮喝了一口職員為他倒的茶。

「監察室的嵯峨警視在今年秋天的異動時，會被調去分局當副局長。」

日岡倒吸了一口氣。

雖然嵯峨有著監察官這麼了不起的頭銜，但日岡知道太多可以讓嵯峨降職的理由。雖說人無完人，但嵯峨的不當行為不勝枚舉，八成是其中的某個原因導致他這次調動。日岡原本打算向齋宮打聽，後來覺得問了也沒有意義，所以就打消了念頭。

「你有沒有打算參加巡查部長的升任考試？」

這個問題並不突然，日岡察覺了齋宮的言外之意。

當初嵯峨把日岡發配到縣北的駐在所，如今嵯峨下了台，日岡調回廣島市區分局的可能性也大幅提升。問題在於調回的時機。

一旦升任巡查部長，必定會調動工作。這是警界的慣例，當警階升等時，考績就會加分，齋宮應該認為可以藉機把日岡調回廣島市區分局，甚至可能把他調去縣警。這次挑選日岡參加交流進修，就是讓他眾人面前亮相。趁現在讓周圍的人記住日岡，一旦日岡有良好的表現，就可以順勢把他調回去。

日岡交握在腿上的雙手微微用力。

「我打算參加巡查部長的升任考試，也會認真參加這次的進修。」

日岡隔天來到江田島。

江田島位在從吳原港搭渡輪大約二十分鐘的地方，是一片被山、海環繞的平靜地方。

來自中國五縣的將近四十名警察和警方職員，聚集在合宿地點的江田島青少年交流之家，其中還有外國人，大家將在這裡共同度過三天的時間。

日岡把行李放回四人一室內的床上，立刻前往體育館。廣島縣警警務課長中谷警視是這次合宿的負責人和指導者，他將在體育館向所有人說明合宿期間的注意事項和生活。

日岡和眾多進修生一起聽著中谷的訓育，突然有一種懷念的感覺。

多久沒有和同年代的人共聚一堂了？警察學校的畢業典禮應該是最後一次。當時自己還對警界充滿希望，內心期待能夠盡一己之力。

日岡聽著中谷充滿熱忱，近似怒吼的聲音，微微垂下了雙眼，為自己已經無法接受照本宣科的內容感到難過。

中谷的訓育結束後，說明了這裡的情況。江田島青少年交流之家讓日岡想起小學時參加的夏令營。

說明結束後，就是午餐時間。

所有人都集中在食堂，拿起放在備餐架上的托盤，依次在吧檯前領取餐點。

午餐是合宿必不可缺的咖哩飯。

日岡坐在窗邊的桌子旁，把咖哩飯送進嘴裡。之前經常聽說，用大鍋煮咖哩比較好吃，日岡覺得很有道理。咖哩有一點辛辣味，味道很有層次，的確很好吃。

日岡一邊吃著咖哩，一邊心不在焉地看著放在食堂架子上的電視。

電視正在播放午間新聞。女主播正在朗讀廣島市區舉行的活動的相關消息。

當他聽著主播悅耳的聲音，再次準備把咖哩送進嘴裡時，發現聲音突然中斷了。

他不知道發生了什麼事，看向電視，看到鎮定自若的女主播繃緊了臉上的表情。

『剛才接獲了最新消息。』

她看著手上的稿子繼續朗讀。

『心和會淺生直巳會長位在大阪的住家遭人發射了一枚火箭彈。再重複一次。和明石組發生激烈火拼的心和會會長家中，遭人發射了一枚火箭彈，造成了數名在淺生會長住家前負責警備的警員受傷。』

旁邊遞過來一份稿子，女主播看了一眼，用緊張的聲音繼續說道：

『目前又收到了最新消息。砲彈在玄關前爆炸，已造成一名警員死亡。』

主播臉色鐵青地抬起頭，一臉悲痛地對著鏡頭說：

『目前有一名警員死亡，兇手正在逃亡，警方正展開追捕。目前現場附近一片混亂，一旦接獲新的消息，將立刻為您播報。』

即使新聞結束，食堂內也完全沒有任何動靜，所有人都啞然失色地注視著電視螢幕。

不一會兒，一名女性發出像是呻吟般的悲鳴。這個聲音就像暗號，食堂內所有人都同時動了起來。

有人立刻衝出食堂，有人情緒激動地和身旁的人說著什麼。每個人都很慌亂，每個人都情緒激昂。

日岡一口氣喝完杯子裡的水。

他用力吐了一口氣，看向前方。

絕對是明石組向淺生家發射火箭彈，他們為了報復第四代組長武田力也遭到槍殺，所以想要心和會老大的性命。

他們要血債血還。

日岡看著窗外，國光的臉浮現在窗戶玻璃外。

國光看到這則新聞不知道會有何感想。

——國光會行動。他一定會採取行動。

日岡很想馬上回中津鄉。

日岡把手肘架在桌子上，用力握緊雙手。

現在必須沉住氣。

日岡用念力對著國光在窗戶上的幻影說。

——在我回去之前，不要輕舉妄動。

第四章

《娛樂週刊》平成二年六月七日號報導

緊急連載

記者山岸晃解讀史上最惡質的幫派火拼　明心戰爭的發展之四

警方相關人員也臆測，逃亡中的義誠聯合會會長國光寛郎（35歲）可能會射出第二、第三支箭。

兵庫縣警搜查四課的資深刑警說：

「武田遭到暗殺後，曾經在神戶總部召開了緊急幹部會議。當時，一名白金徽章級的直系成員被人盯上了。他從總部回家的路上被可疑車輛跟蹤，雖然最後成功地甩掉了對方，但聽說國光的手下就在那輛跟蹤的車子內。以國光的作風，完全有可能想要乘勝追擊，幹掉所有幹部。他真的和瘋狗差不多，畢竟連同幫派的幹部他也下得了手。一旦和他反目，他就會追殺到底。我猜想他現在仍然摩拳擦掌。」

這名資深刑警口中的同幫派幹部，就是指當年國光為了販賣安非他命的生意，動手殺了明石組直系團體太子一事。正如之前曾經提過，國光為了這起事件被判處七年有期徒刑，曾經在熊本監獄服刑。

黑道社會都認為，國光還躲在國內，企圖繼續暗殺明石組的幹部。

「已經死了三個人，一旦遭到逮捕，至少會被判處無期徒刑，搞不好會被判死刑。以國光的性格，不可能只是為逃而逃，更何況無論逃到哪裡，都會被警察盯上，明石組也會追他追到地獄的盡頭。除非他逃去國外，但他不會那麼做，一定還躲藏在日本。他反正已經爛命一條了，一定會伺機在死之前再大幹一場。」

這名非常瞭解國光的關西中立幫派組長這麼告訴筆者。

隨著筆者深入採訪，從走私手槍和武器的非法掮客口中得到了重要的證詞。國內黑道幫派手中的武器有四成都來自某「工具屋」，「工具屋」的組長透露了相關消息。

以下是該掮客的證詞。

「義誠聯合會內有一個名為『十一會』的組織，這件事在義誠聯合會內部也是最高機密，聽說外界並不知道『十一會』的成員姓名和人數，是從各幫派的年輕人中挑選出來的暗殺部隊。就像美國特種部隊一樣，每天接受射擊訓練、格鬥技術和跟蹤技術的特別訓練。幫派的武器庫內有來福槍、機關槍和手榴彈，老實說，簡直就和軍隊差不多。」

聽說名古屋的等等力會（明石組的直系幫派，共有一千五百名成員）、九州的第三代築友聯合會（一千兩百名成員）也有相同的組織。

赫赫有名的武鬥派大型幫派有這樣的組織情有可原，為什麼只有一百五十名成員的義誠聯合會，能夠擁有這樣的暗殺部隊？

「當然是錢囉。」

明石組直系幫派的幹部這麼回答。

「國光這個十惡不赦的傢伙太會賺錢了，靠股票、不動產撈了一大筆錢，許多平民百姓被他害得欲哭無淚。第四代那件事，也是國光提供了資金，絕對錯不了。聽說那個王人蛋還想幹掉大城叔和熊谷的太子。」

大城隆目前是明石組的代理組長，熊谷元也是明石組太子，這兩個人是明石組執行部的兩大首腦。

暗殺了武田的國光寬郎從年輕時開始，就和目前的太子熊谷元也並稱為明石組的兩大潛力股。

前述明石組直屬幫派的幹部最後咬牙切齒地對筆者說：

「那個王八蛋即使千刀萬剮，也死有餘辜。如果不宰了他，這次的戰爭就不會落幕。」

筆者周圍的媒體業界最近都在私底下熱烈討論一個話題。

——幫派新法。

幫派新法，就是取締幫派的新法律。法務省和警察廳之前就積極著手準備新法，藉此大幅限制幫派的活動，逼迫幫派走向瓦解。媒體紛紛傳言，這個新法是否即將送進國會。

下一期將是緊急連載的最後一次連載，將考察明心戰爭終結後的黑道社會。

（未完待續）

江田島青少年交流之家的體育館內鴉雀無聲，只要集中注意力，甚至可以聽到掛在牆上的時鐘秒針發出的聲音。

和現場的寂靜相反，空氣中帶著熱氣。集中在體育館內的警察和警察職員——總共四十名進修生都無法克制內心的感情，臉上的表情交織著緊張和激昂、悲傷和憤怒。

在每排五人，總共八排進修生中，在最後一排的日岡確信自己是所有人中，心情最無法平靜的人。自從得知有人向淺生的住家發射火箭彈後，國光的事一直浮現在他的腦海中揮之不去。

在午間新聞之後，長官命令進修生照常進行原來的活動。每五名進修生分成一組，日岡所在的第三組組長、廣島縣警甲津分局的三笠巡查部長對小組成員說：

「我知道大家的心情都很亂，但我們必須嚴肅完成自己的職務，現在要專心進修。一旦有新的消息，中谷警視會通知我們。在此之前，我們要努力按照預定的安排行動。」

小組成員聽從三笠的指示，開始了下午的課程。雖然會議的目的是和其他縣警的警察交流，但每個人都心不在焉。不知道逃亡的兇手目前的情況如何，殉職的警察是否有妻小，受傷的警察不知情況如何。大部分人都各有所思，一臉黯然的表情低著頭。

但大家還是完成了形式化的課程，之後回到各自的房間，在晚餐時間之前，照理說有三十分鐘的休息時間，但臨時通知所有進修生都要去體育館集合。

站在講台上的中谷一臉嚴肅的表情巡視所有人。

「我相信各位已經知道請大家在這裡集合的原因了。今天，大阪府警幾田分局的成田忠明巡查長在執行警備任務時不幸殉職，所有人內心的痛恨、哀惜之情溢於言表。請在場的所有警察同仁衷心為成田巡查長哀悼。」

中谷重重地吐了一口氣，用力挺直了身體。

「全體敬禮，默禱。」

所有進修生都聽從指令同時敬禮，接著低下頭，默禱良久。

「立正。」

所有進修生再度聽從指示，抬起了頭。中谷雙手放在背後交握。

「發生了這起令人痛心的事件之後，警察廳將積極向國會提出準備多年的幫派新法。我深信，最快明年，最慢也會在後年實施新的幫派取締法。」

中谷加強語氣斷言道。

體育館內的空氣一陣騷動，不少人發出驚訝的嘆息聲。

昭和六十年代，幫派火拼事件頻傳，造成不少市民的犧牲。因此，警察廳著手研究大幅限制幫派活動的對策法案，這是警察相關人員都知道的事實，只是大家都認為這項法案離送入國會還有很長一段路要走。因為其中涉及憲法保障的人權相關問題，會引起不同意見的爭論。

中谷等待騷動平靜後，大聲地說：

「幫派並不是社會上的必要之惡，而是絕對之惡。」

日岡把原本看著半空的視線移向講台。中谷繼續說道：

「既然是絕對之惡，就必須徹底消滅。保護市民免受幫派魔爪的危害，是我們警察的重要任務之一，所以各位要把這件事牢記在心——」

中谷充滿熱忱的訓示仍然持續。

起初日岡也和其他進修生一樣，直視著講台上的中谷，但中途之後，中谷的臉漸漸從視野消失，進入右耳的話直接從左耳鑽了出去。

眼前浮現出國光的臉。

國光仍然乖乖躲在中津鄉嗎？還是已經帶著小弟回去關西，採取了某些行動？

日岡總覺得後者的可能性相當大。

直屬的心和會老大遭到了攻擊，國光很可能採取報復行為。

以牙還牙——以火箭彈還火箭彈嗎？

日岡想起管理辦公室旁的倉庫，倉庫的拉門掛著牢固的鎖。如果國光藏了大規模的槍械和彈藥，就一定藏在那裡。日岡似乎看到了那輛越野車載著大量武器，國光等人揚長而去的背影。

日岡用力握緊了放在腿上的拳頭。

他很想趕快知道國光目前人在哪裡，又在幹什麼，但目前只能忍耐。

等進修結束，回到中津鄉之後，就要立刻趕去工地現場。雖然通常每三個月最多巡邏一次，日岡上個月才剛去過，上次見到的那名女事務員一定很驚訝。但是，這種事並不重要，到時候可以隨便編一個理由。

日岡下定決心時，突然聽到了自己的名字。他驚訝地抬起頭。

訓示不知道什麼時候結束了，中谷在講台上看著日岡，所有人的視線都集中在他身上。

「廣島縣警比場分局的日岡巡查，你有沒有聽到？」

中谷又叫了一次，日岡慌忙回答：

「是，我聽到了。請問有什麼事？」

「有事要轉告你，等一下來我的辦公室。」

中谷的視線像錐子般尖銳，嘴唇抿成了一字。

該不會是自己隱匿國光的事曝光了？

日岡察覺到自己臉色發白，但他故作冷靜，不讓別人察覺內心的慌亂，從喉嚨深處擠出聲音說：

「知道了。」

「那就到此結束。大家可以先回房間。」

中谷巡視著進修生說完後，走下講台，走出了體育館。

日岡站在中谷的辦公室前，用力深呼吸。

目前還無法確定國光的事已經曝光，要鎮定。他這麼告訴自己，然後敲了敲門。

「日岡巡查報到。」

他用腹部力量說道。

『進來。』

裡面傳來中谷的聲音。

日岡打開門走了進去。

中谷背對著窗戶，坐在辦公桌前，臉上的表情仍然很嚴肅。

日岡敬禮後，走到辦公桌前，用立正的姿勢站在那裡。

「請問有什麼事？」

中谷用手指敲著桌子說：

「日岡巡查，你為什麼沒有報告？」

日岡心跳加速，全身的血都一下子衝向腦袋。

他吸了一口氣想要回答，但一下子說不出話。

日岡愣在那裡，中谷用下巴指了指桌上的電話。

「你馬上打電話給比場分局地域課的角田副警部。」

中谷把電話轉向日岡，然後把寫了數字的便條紙從桌上滑了過來。

「這是他的專線電話。」

「我知道了。」

日岡也發現自己的聲音分岔了。

他手指用力按下了數字鍵，以免手發抖。

中谷轉動椅子，背對著日岡。窗外可以看到瀨戶內海的島嶼。

為什麼要打電話給比場分局？為什麼是打電話給地域課的角田？

如果國光的事曝光，不是應該打給縣警四課，應該打給齋宮嗎？

不，如果藏匿的事曝光，也許自己會馬上以藏匿人犯的罪名遭到逮捕。

思考高速旋轉。腦袋一片混亂。

鈴聲響了兩次，電話就接通了。

『你好，我是地域課的角田。』

電話中傳來角田的聲音。

「喂，我是日岡，中谷警視指示我打這通電話——」

他的話音未落，角田就打斷了他。

『喔喔，進修辛苦了。江田島怎麼樣？』

角田像往常一樣，慢條斯理地問。

——不是國光的事嗎？

日岡鬆了一口氣，膝蓋差點發抖。

他輕輕吐了一口氣，以免被中谷察覺，然後把話筒貼近嘴巴。

「請問找我有什麼事嗎？」

『喔喔，』角田好像這才想起似地叫了起來，『你為什麼沒有報告？』

日岡再度陷入了混亂。果然和國光有關嗎？

「請問——是什麼事？」

日岡努力壓低聲音，以免聲音變得很尖。

『什麼事？當然是立功的事啊？』

角田很受不了地說。

日岡聽不懂他的意思。

「立功是指……？」

說到這裡，他終於想到了。是篤史的事。

角田在電話那一頭大聲說道：

『你不是在一個星期前，救了一個溺水的小孩嗎？』

因為牽涉到國光的事，所以他並沒有向分局報告這件事。他忍不住對著發出了呆滯的聲音。

「喔……」

『喔什麼喔啊，你這個笨蛋！』

角田嘆著氣斥責道。

到底是誰走漏了風聲？

「請問課長是從哪裡聽說的？」

日岡問。

角田說，安藝新聞比場分局的記者從消防隊員口中得知了這件事。

『安藝新聞打電話來這裡，希望可以進行採訪，但我完全沒有接到任何報告，所以亂成了一團。局長大罵說，到底是怎麼回事？簡直搞得雞飛狗跳。』

「對不起。」

日岡握著電話，忍不住低頭道歉。想像角田驚慌失措的樣子，不由地冒著冷汗。

『但這是救人一命的事，所以局長也就息了怒，指示你要立刻接受採訪。我已經安排安藝新聞的記者明天去你那裡，你要好好說明。』

「知道了。雖然沒什麼大不了，但我會清楚說明當時的情況。」

日岡四平八穩地回答。

『還有，』角田突然壓低嗓門說，『也要記得向中谷警視道謝，多虧了他，才沒有讓全天下都知道我們比場分局的糗事。』

「我知道了。」

『嗯，你要好好接受採訪，要為我們分局帶來加分作用。』

「是，我會努力。」

『那就這樣吧。』

「謝謝課長。」

雖然角田不在場，但日岡還是鞠了一躬，才掛上了電話。

中谷仍然背對著日岡，深深地靠在椅子上。

日岡再度做好立正的姿勢，深深鞠了一躬。

「感謝警視在這件事上的關照，萬分感謝。」

日岡抬起頭。

中谷把椅子轉過來，面對著日岡，用力瞪著他問：

「你為什麼沒有向上司報告？」

「很抱歉。」

他再次深深鞠躬。

日岡仍然保持立正的姿勢，思考著自己的措詞。

「因為那天我休假……而且我只是做了該做的事，所以覺得不需要報告——」

「你這個笨蛋！」中谷怒斥道，「遇到了人命關天的事件，身為警察，哪有不報告的道理！」

日岡鞠躬說：

「很抱歉。」

他咬著嘴唇，抬起了頭。

中谷銳利的視線盯著他。

日岡看著中谷的頭頂，避開他的視線。

辦公室內陷入了沉默。

中谷突然放鬆了臉上的表情，微微揚起嘴角。

「不過，你這個人很謙虛。通常遇到這種事，都會搶先向上司報告，努力為自己加分。」

中谷說完，探出身體問：

「我記得你是在駐在所勤務吧？」

「對。」

日岡回答時，仍然看著中谷的頭頂。

中谷看著自己手上的資料說：

「原來你叫日岡秀一，我會記住你的名字。」

「謝謝警視。」

日岡鞠了一躬。

「沒事了，你可以走了。」

中谷示意他離開。

日岡行了一禮，靜靜地走出辦公室。

隔天，記者在兩點整出現。日岡獲准缺席下午第一堂進修課，在中谷的陪同下，前往事務室接受採訪。

看起來像是新人的年輕女記者手拿記事本，詳細詢問了救人當時的情況。

日岡只能謊稱獨自救了那名少年，回答了記者的問題。

女記者問完了大致的情況後，闔起記事本，好像突然想起了什麼似地問：

「對了，聽消防隊員說，好像是另外有人打電話向一一九報案，請問你知道是誰打電話嗎？」

日岡緊張了一下。當時是國光的手下井戶打了電話。他故作冷靜，對女記者說了謊。

「這我就不太清楚了，我猜想是在附近釣魚的人，或是附近的居民。」

女記者對報案者並沒有顯示太大的興趣，結束了採訪。

日岡走出事務室，回到房間換衣服，脫下襯衫時，發現自己背上都是汗水。

終於結束了度日如年的三天進修課程，日岡從廣島搭高速巴士回到中津鄉。

他在下午四點多回到駐在所。

一走進駐在所，代班的城西町派出所的佐藤巡查立刻滿面笑容地對他說：

「你回來了，辛苦了，我看了報紙，你紅了，而且把你拍得很帥。」

今天的安藝新聞地方欄內報導了日岡救人一命的內容，而且還附了照片。不知道老家的母親從哪裡查到了日岡的下落，昨天晚上還打電話到江田島的進修所，在稱讚他的同時不忘責備他為什麼沒有告訴家裡，似乎覺得日岡太見外了。母親嘆著氣說，親戚看到報紙後都紛紛打電話去家裡，簡直忙壞了，但聲音中難掩喜色。

日岡對佐藤說：

「只是剛好而已，不值得說嘴。」

日岡放下行李的同時，露出很不自然的笑容。

「你太客氣了，」年紀比他大一輪的巡查用手肘頂著他的側腹說：「這可是大功勞，你立了大功，升遷絕對沒問題了。」

日岡抓了抓頭說：

「希望如此……」

雖然日岡很想馬上衝去橫手的工地現場，但佐藤為自己代班多日，不能對他置之不理，只能附和他。

佐藤簡單交接完成之後，開著小型警車回城西町。

當佐藤開的小型警車離開後，日岡立刻走到門外，鎖上了駐在所的門。

他騎上停在後方的私人機車，發動了引擎。

他正想戴上安全帽時，突然有人叫住了他。

「日岡先生。」

日岡驚訝地轉過頭，發現祥子站在機車後方。他一直在思考國光的事，完全沒有注意到周圍的情況。

「我問了代班的警察你什麼時候會回來。剛才看了高速巴士的時間，想說你差不多該回來了，請問下次家教的時間……？」

日岡轉過頭，看著前方。

「不好意思，最近沒辦法，對不起。」

祥子繞到機車前，大聲問他：

「為什麼？我做了什麼惹你不高興的事嗎？」

日岡急忙搖了搖頭。

「不是妳的問題，我最近要參加升任考試，目前恐怕有點危險，所以我這陣子要自己讀書。而且，妳根本不需要我教，現在這樣，也完全可以考進妳想讀的學校。」

雖然升任考試只是藉口，但祥子的事是實話，更何況她的成績原本就不需要家教。

祥子用力搖著頭。

「沒這回事，我想讓你教我功課，拜託你，我不會打擾你，請你——」

日岡沒有聽祥子說完，就戴上了安全帽。

「我改天會去向妳爸爸道歉。」

日岡轉動油門，引擎發出很大的聲響。不知道是否聽到巨大的聲音感到害怕，祥子離開了機車。日岡立刻趁這個機會騎著機車衝了出去。

傍晚五點。來到橫手的工地現場，工人剛好下班，紛紛好奇地看著騎著機車的日岡。

日岡走向平時國光等人所在的管理辦公室那棟組合屋，拉門鎖住了，裡面似乎沒有人。

他急忙跑向事務員和其他員工使用的組合屋。

一打開拉門，立刻聞到了咖哩的味道。身穿圍裙衣，正在為工人準備晚餐的木村一看到日岡，發出驚訝的叫聲。

「啊喲，我還以為是誰呢，原來是駐警先生。怎麼了？你穿著便服，這麼晚來這裡？發生什麼事了嗎？」

日岡調整著呼吸問道。

「國──不，吉岡先生他們在哪裡？」

木村露出驚訝的表情回答：

「這兩、三天都沒看到他們，有什麼事嗎？」

「不，沒事。因為今天我休假，剛好來到這附近，所以順便來看看。不好意思，打擾了。」

日岡衝出組合屋，跑向管理辦公室旁的倉庫。他認為那裡是義誠聯合會的彈藥庫。

他抓著把手，門一下子就打開了。門沒有鎖。

他向小倉庫內張望，裡面是空的，什麼都沒有。

日岡走進小倉庫，蹲下來打量著地上，發現了成年男人的腳印，和像是拉箱子留下的痕跡。拉痕上並沒有積灰塵，顯示最近曾經從這裡搬什麼出去。

工地用的工具，還是——

日岡站了起來，在昏暗的小倉庫內咬著嘴唇。

日岡回到中津鄉的兩天之後，情況有了重大的變化。

明石組等等力體系的若狹組組長若狹勝次在大阪市區的路上遭到槍擊死亡。總部設在名古屋的明石組直屬幫派的等等力會，是明石組內最大的武鬥派，共有一千五百名成員。會長等等力義男也同時擔任明石組太子特助，是最高幹部之一。等等力會旗下的若狹組組長若狹勝次，同時也是等等力會行動隊長。

日岡看到報導之後，立刻用駐在所的電話撥打了一之瀨的手機。

「等等力會的若狹被幹掉，是在報復火箭彈事件嗎？」

電話一接通，日岡立刻直截了當地問。

『應該是這樣。』

一之瀨說，若狹是等等力的心腹，潛伏在大阪，指揮向心和會的報復行動。

『有傳言說，應該是若狹的手下把火箭彈射進淺生家。』

日岡握緊電話嘟噥說：

「這幾天都沒看到國光。」

電話彼端陷入了沉默。

一之瀨什麼都沒說，即使他知道什麼，應該也不打算說。

日岡沒有再問什麼，道謝後掛上了電話。

若狹槍殺事件發生後的一個星期，日岡每天晚上都在路上沒有人的晚上八點過後，騎機車去工地現場，確認國光有沒有回來。但是，管理辦公室的燈始終暗著，裡面也沒有任何動靜。

國光到底去了哪裡？

日岡內心既焦慮，又煩躁，在他急得像熱鍋上的螞蟻之際，明石組心和會的報復更加激化。

兩個偽裝成宅配人員的男人前往神戶北柴組旗下杉本組的幹部家中，當幫眾關谷忠宏去開門時遭到槍殺。關谷胸部中了三槍，當場死亡。隔天，一輛卡車衝進四國高松的心和會旗下高砂組辦公室，司機用槍掃射一通，導致高砂組三名幫眾分別受到輕重傷。同一天，奈良縣奈良市心和會旗下的三輪谷組組長三輪谷正二在路上下車時，被人從背後槍殺，保鑣也遭到槍擊，三輪谷組兩名幫眾身受重傷。

最震驚社會的就是心和會旗下菊政組位在堺市的辦公室遭到槍擊。歹徒從行駛的電車中向位在鐵軌旁的辦公室開槍，趁電車轉彎時，從車窗跳車逃逸，只要稍不留神，就可能會造成路上傷亡，所以這起事件引發了附近居民的恐慌。

這一個星期以來，光是目前所知的幫派分子開槍事件就有十起。

警察廳緊急召集了全國各都道府縣警的搜查四課課長舉行會議，再次重申必須傾全力對付黑道幫派。

但是，無論警方還是媒體都認為，明石組和心和會的火拼不可能這麼輕易落幕。因為明石組的最高幹部在媒體面前斷言，雙方沒有和解的空間，只有徹底消滅其中一方，才是斬斷血債血還的連鎖報復的唯一方法。

如果必須有一方遭到消滅，應該是成員減少到兩千名的心和會會被消滅。目前明石組和心和會的勢力比已經擴大到七比一。

從進修回來後的第十天，日岡像往常一樣騎著機車前往工地現場。

夜晚的空氣從他的夾克衣領鑽進去，現在已是九月中旬。日岡騎在夜晚黑暗的路上，注視著前方，回想起工地現場的管理辦公室。腦海中浮現的是一片漆黑的辦公室。

今天晚上，辦公室的燈仍然暗著嗎？

橫手的工地現場越來越近，遠遠看到了組合屋的燈光。

有兩個燈光。除了工人住宿的組合屋以外，管理辦公室也亮著燈。

日岡的心跳加速。

國光和他的手下回來了嗎？

他把機車停在工地現場前，熄了引擎，躡手躡腳地走向組合屋。

他從管理辦公室外向內張望，聽到了男人說話的聲音。其中有一個熟悉的聲音。獨特的沙啞聲音是國光。

日岡把嘴裡的口水吞了下去，輕輕敲了敲門。

說話的聲音戛然而止。

腳步聲慢慢靠近，毛玻璃內站了一個人影。人影的右手動了一下，似乎伸向懷裡。他在掏槍嗎？

『誰啊？』

人影問。是高地的聲音。

「是我，駐警日岡。」

門打開一條縫。

高地站在眼前，右手仍然放在懷裡。國光坐在屋內。

就像上次圍在一起吃壽喜燒一樣，地上鋪著藍色塑膠布。國光盤腿坐在上面。

高地回頭看著國光，似乎在問他該怎麼辦。

「沒關係，請他進來。」

國光回答。他說話的聲音很鎮定。

井戶和川瀨也在辦公室內，單腿跪在國光兩側，好像在保護他。只要一有動靜，他們就會立刻採取行動。

日岡走進去後，川瀨把座位讓給了日岡，自己坐在最下座。

五個人圍在桌子旁。

日岡看著左側的國光問：

「你這一陣子都不在。」

「是啊，出門旅行了一下，剛剛才回來。」

他們看起來真的才剛回來，桌上的菸灰缸還很乾淨。

「你們去了哪裡？」

日岡坦率地問了最想知道的事。

國光從上衣口袋裡拿出香菸，左側的高地立刻遞上了火。國光吐了一大口煙回答說：

「去了關西。」

「有什麼目的？」

國光話音剛落，日岡立刻問道。

國光露齒一笑說：

「尋屍之旅。」

國光的回答出乎意料，日岡屏住了呼吸。

「這兩個月都沒有碰女人，不清一下槍，有礙身體健康。」

國光說，他把三個女友輪流找來，在旅館好好休息了幾天。他的手下也分別找了老婆或是叫了女人。

日岡用力深呼吸後，注視著國光問：

「你覺得我會相信你這些話嗎？」

警方一定會監視國光的女友和遭到通緝的小弟的太太，沒有這方面經驗的女人很難甩掉警方的跟蹤，想要躲過警察的跟蹤和女人見面幾乎是不可能的事。

國光聽了日岡的話，露出無敵的笑容，用鼻子冷笑一聲，不以為然地說：

「甩掉警察的跟蹤根本是小事一樁，只要換兩、三班擠滿人的電車，或是走進百貨公司就搞定了。因為警察不可能去女廁所，在廁所裡變完裝，再若無其事地走出來，就不知道是同一個女人。」

女警就是在這種時候可以派上用場，但日岡並沒有說。

井戶靜靜地走向流理台。

日岡不發一語地從皮夾克的胸前口袋拿出香菸，身旁的川瀨遞上了一百圓的打火機想為他點火，他伸手制止，從長褲口袋裡拿出自己的打火機點了火。那是大上給他的狼圖騰Zippo打火機。

尼古丁充滿整個肺部。

日岡緩緩吐著煙。

國光在菸灰缸裡捺熄了抽完的菸。

日岡也默默把菸捺熄。

井戶立刻把酒和下酒菜端了過來，似乎就在等這一刻。

「冰箱裡空了，只找到這些。」

說完，他把烤過的魷魚乾和日本酒放在桌上。

日岡說自己騎機車過來，所以婉拒了酒。國光豪爽地笑了起來。

「那種東西，只要和你一起裝上小貨車就搞定了。別客氣，喝吧。」

國光準備為日岡面前的杯子倒酒。

日岡雙手拿起杯子，接受了國光為他斟酒。有時候酒精可以讓人推心置腹交談。

當杯子倒滿後，日岡也為國光倒了酒。

三名手下並沒有喝酒。

日岡和國光兩個人乾杯。

國光仰頭喝了杯子裡的酒。

日岡喝了一小口。

國光啃著烤魷魚，吹噓著自己的女人。三名手下津津有味地聽著他聊這些風流韻事。

猴戲就到此為止。

日岡打斷了國光的話，直搗核心。

「等等力會——」

國光他們聽到日岡的嘀咕，立刻住了嘴。

「等等力會的若狹是你殺的嗎？」

國光以外的三個人都瞪著日岡。

國光慢慢吞下杯子裡的酒，緩緩搖著頭。

「那不是我。」

「真的嗎？」

「對，是真的。」

「那是誰幹的？」

日岡看著國光的眼睛。

國光的雙眼炯炯有神，他把杯子放在桌上，看著日岡的臉。兩個人互看著。不一會兒，國光將視線移向自己的杯子，小聲地說：

「不知道——」

「少騙人了。」

寂靜的組合屋內，日岡的聲音聽起來格外大聲。

日岡瞪著國光。

「你一定知道誰殺了若狹。」

日岡回想著週刊雜誌的報導，繼續說了下去。

「聽說義誠聯合會有名叫十一會的暗殺部隊。週刊雜誌上這麼寫。」

國光瞪大眼睛，再度看著日岡，然後拍著大腿笑了起來，似乎覺得很滑稽。笑了一會兒之後，很受不了地說：

「你相信那些胡說八道的報導嗎？」

「報導中還說，暗殺部隊還進行射擊訓練。」

國光喝完杯中的酒後，露出了一貫的親切笑容。

「我們是黑道兄弟，當然會拿手槍試射，但這是在國外的時候，是在可以合法開槍的地方練習。」

坐在一旁的高地為國光的空杯子倒了酒。

「十一會是組內親睦團體的名字，出國旅行時，會用這個名字預約。」

雖然日岡難辨這番話的真偽，但認為不無可能。

「媒體向來喜歡亂寫一通。」

國光臉上帶著淡淡的笑容，他措詞謹慎地說：

「我剛才不是說了嗎？那不是我，應該是右田町那裡吧。」

右田町是淺生組總部所在地，他暗示是淺生組相關的人採取的報復行為。

果真如此的話，國光離開中津鄉的目的是什麼？

日岡說出了一直以來，內心最大的疑問和自己的推論。

「國光先生，你留在外面的真正理由，是不是為了殺明石組的代理組長和太子？」

雖然日岡並不是完全相信週刊雜誌的報導，但觀察國光到目前為止的言行，認為這是唯一的可能。

國光重重地嘆了一口氣，看向半空說：

「我欠了你很大的人情，也差不多該對你說實話了。」

三名手下一臉嚴肅地坐直了身體，從原本盤腿的姿勢換成了跪坐的姿勢。

國光好像在談論回憶般娓娓訴說起來。

「我在殺了武田之後，立刻去了心和會總部。在緊急召集下，除了會長以外，所有幹部都在總部。我告訴大家，我剛殺了第四代和太子，引起一陣譁然，但出現了兩種不同的反應。有人稱讚我幹得好，也有人勃然大怒說，再怎麼樣，這麼做也未免太過火了。」

國光把裝了酒的杯子舉到嘴邊，邊喝邊繼續說了下去。

「我當場低頭拜託，要求他們讓我接著幹掉大城和熊谷，但是——」

國光說到這裡，陷入了沉默。

大城隆目前是明石組的代理組長，熊谷元也是太子。在武田遭到暗殺之後，就一直傳聞他們其中一人會成為第五代組長。

國光喝了一口酒，好像在喝什麼苦澀的東西。

「所有幹部都制止我，有人說，別殺了，勝負已經定局，也有人不小心說出了真心話，說繼續幹下去，就沒辦法和解了。」

國光重重地吐了一口氣。

「不瞞你說，我當時就想，完蛋了，這一仗我們注定要輸了。因為在對方亂了陣腳的時候，是我們戰勝明石組最後的機會。一旦錯過這個機會，就注定會輸。就像太平洋戰爭一樣，因為基礎和國力太懸殊，一旦陷入長期戰，我們根本沒有贏面。我一開始就這麼認為。」

日岡拿起桌上的大酒瓶，為國光的杯子裡倒了酒。

國光從日岡手上接過酒杯，也為他倒了酒。

日岡注視著杯中的酒問：

「既然這樣，你為什麼在這裡？在幹部不同意你乘勝追擊的那一刻，戰爭不就結束了嗎？」

國光輕輕笑了笑，立刻回答說：

「是為了老大。」

「北柴老大？」

日岡說這句話時的語尾微微上揚。國光是為了北柴兼敏逃亡嗎？

國光垂下雙眼，注視著杯中的酒。

「如果老大有什麼三長兩短，無論敵人在哪裡，我都會一個接一個殺了他們，直到消滅對方為止。我在這裡只是為了這個目的。」

國光的意思是，一旦有人敢動他老大，他就會殺光對方。

日岡倒吸了一口氣。

「一旦這麼說，你絕對會被判死刑。」

國光揚起單側嘴角，輕輕點了點頭。

「是啊，但既然當了兄弟，就必須隨時做好死的準備。如果是為了老大，即使被判死刑也願意。從和老大結拜的那一刻起，我這條命就是老大的。」

國光這番話絕非虛言——他的聲音充滿信念，讓人感受到這一點。

日岡無言以對。

教官曾經在警察學校的畢業典禮上教導畢業生，要把殉職這兩個字刻在心上。日岡相信所有警察聽了之後，都在內心發誓，要盡忠職守，不惜付出生命為代價。日岡也是其中之一，但是，如果要問全國的警察是否隨時做好了結束生命的心理準備，答案恐怕是否定的。因為日岡當時也覺得殉職的機率和發生車禍的機率差不多。

日岡握著杯子的手慢慢用力。

如果北柴遭到襲擊身亡，國光絕對會發動消滅明石組的殲滅戰，就像是對強大的戰艦展開特攻的零式戰機，到時候很可能發展成比目前更大規模的殺戮戰，甚至可能危及一般民眾，造成更多警方人員殉職。

光是想像一下，就有一股寒意流過背脊。

也許是因為日岡面色凝重，國光安慰他說：

「你不必擔心，這場戰爭很快就落幕了。」

日岡驚訝地抬起頭，看著國光的眼睛。國光的雙眼露出了之前從未見過的柔和眼神。

「其實前幾天離開管理辦公室，是為了和解奔走。我陪著老大去見了下水流一家的目蒲總裁，和關東成道會的磯村會長。」

日岡瞪大了眼睛。

京都下水流一家的第七代總裁目蒲義人是關西黑道大老中的大老，關東成道會是勢力僅次於明石組的日本三大幫派之一，會長磯村成道更是曾經擔任明石組第四代組長監護人、在黑道社會中的大人物。

「只要目蒲總裁和磯村會長出面仲裁，明石組應該也不敢說不。」

由這兩個足以代表日本的黑道老大出面，並不是沒有和解的可能性。

「一旦和解，就不必再擔心了，老大的生命就不再有任何危險，我也沒必要繼續留在外面。」

國光向日岡伸出雙手，開玩笑地把手腕放在一起，假裝被銬上了手銬。

「我被你銬上手銬的日子也不遠了。」

日岡吞著口水。

國光看到日岡的表情，開心地笑了起來。

「怎麼了？你以為讓你親手為我銬上手銬這件事是騙你的嗎？」

國光仰頭喝完杯子裡剩下的酒說：

「你放心吧，我是個守信用的人。」

國光的聲音讓他想起很久以前的上司大上也說過同樣的話。

——你放心，我是守信用的人。

日岡回過神，聽到窗外傳來鈴蟲的叫聲。

日岡把酒一飲而盡。

日岡騎著YAMAHA的SR500，把油門握把轉到極限，直奔橫手地區的高爾夫球場工地。

他身上穿著駐警的制服。照理說，今天應該騎黑機，但他毫不猶豫選擇了自己的機車。因為YAMAHA比駐在所的黑機速度更快，他想趕快抵達現場。

日岡從昨天開始就完全沒有闔眼，繃緊神經盯著電視螢幕，豎起耳朵聽收音機的聲音，還有不時發出嚷嚷聲的警用無線對講機。他的情緒激動，頭腦很清晰。

他在昨天——和國光在工地現場見面一個月後——的中午之前，接獲了發生這起事件的消息。

當時，他看著巡邏記錄，正在確認下午巡邏的地區，放在桌上的接收機突然傳來緊急的聲音。

『管區警察注意——這是比場通信指令。縣警總部傳來緊急消息、緊急消息。比場郡城山町發生了挾持人質事件。現場位在中津鄉橫手地區的高爾夫球場預定地，綁匪是遭到通緝的跨縣市幫派幹部，逃亡中的義誠聯合會會長國光寬郎等數人持有槍械，目前挾持了一名女事務員作為人質。重複一次。綁匪是因為殺人嫌疑遭到通緝的數名黑道人士，持有槍械，人質一名。總部已派偵查員迅速趕往現場——』

日岡懷疑自己聽錯了，丟下了手上的資料，粗暴地抓起接收機。

『重複一次。城山町發生了挾持人質事件，目前縣警四課的十二名偵查員已經包圍現場，管區內警察隨時待命，為因應這起事件做好準備——』

接收機內不停地傳來各相關部門的應答。突然發生了重大事件導致一片混亂，應答的各種消息也亂成一團。

日岡陷入茫然。

——國光閉門不出？而且還挾持人質？

隨著他逐漸理解眼前的狀況，他感到一陣慌亂。

——國光的下落為什麼會曝光？為什麼四課會來中津鄉？

滿腦子都是疑問。

——為什麼自己沒有接到四課的聯絡？難道一切都曝光了嗎？

日岡感到困惑不已，這時，桌上的電話響了。他把接收機推到一旁，緊忙抓起了電話。

「你好，我是中津鄉駐在所的日岡。」

他一口氣說道。

『是我，角田。』

比場分局地域課長的聲音聽起來比平時緊張。

角田接下來的問題充分顯示出他內心的慌亂。

『你、你有沒有聽到剛才無線的通知？』

「有。」日岡吞著口水，立刻回答，「歹徒真的是逃亡中的國光寬郎嗎？」

角田心浮氣躁地回答：

『不知道，目前正在和縣警聯絡，瞭解詳細的情況，總之已經派人支援了。比場分局也接獲指示，盡可能多派人手前往支援。你留在那裡待命，那就先這樣——』

日岡慌忙叫住了角田。

「課長，請等一下，我不用去那裡嗎？我只要十五分鐘就可以到那裡。」

『笨蛋！如果你去那裡，萬一中津鄉發生什麼狀況，由誰來應對？這不是我們能夠解決的事件，不光是縣警總部，甚至要由警察廳出動。』

聽角田這麼一說，日岡覺得的確有道理。自己這個駐警趕去警察廳指定為重要案件的事件現場，也無法發揮任何作用。

『我在忙，那就先掛了。』

角田匆忙掛上了電話。

耳邊傳來電話掛斷之後的聲音，日岡靜靜放下電話。

從電話的內容判斷，縣警內部並沒有人懷疑日岡。如果他和國光私下來往這件事曝光，一定會馬上逮捕他。

平靜的中津鄉很快就會陷入一片混亂。

事件發生兩小時後，媒體可能從縣警的混亂中察覺到發生了重大事件，電視台那些車頂上裝了無線器材和傳輸影像天線的廂型車，和扛著有望遠鏡頭攝影機的攝影記者都湧入了中津鄉，電視台的直升機也轟隆轟隆地在上空盤旋，但是，盤旋在工地現場上空的直升機，應該很快會遭到廣島縣警的偵查直升機驅趕。

日岡接到通知之後，就把放在桌上的電話機線拉到最長，放在客廳內，一直盯著電視。

放在客廳角落的電視螢幕上出現了熟悉的建築物。那是橫手高爾夫球場工地的組合屋——一個月前，和國光喝酒的地方。

管理辦公室的窗戶從內側貼上了藍色塑膠布，所以無法看到裡面的情況。廣島的各家電視台都取消了原本的節目，改為從事件現場實況轉播的特別報導節目，只有NHK教育電視台照常播放節目表上的節目。

螢幕右上方出現了『遭到通緝的幫派幹部挾持人質事件』的字幕，本地電視台記者站在離組合屋有一段距離的地方，一臉嚴肅地報導了這起在寧靜鄉下地方發生的兇惡事件。

主播在攝影棚用圖表詳細說明了明石組分裂至今的情況，以及第四代武田組長暗殺事件、心和會與明石組火拼事件的詳細情況。尤其在提到國光時，還和熟悉黑道情況的記者連線，從國光的生平到前科經歷，鉅細靡遺地說明了國光這個人。

日岡看著螢幕，豎起耳朵聽著警方無線對講機中傳來的消息。

根據比場指揮中心傳來的消息，縣警確認了國光以外其他人的身分，發現挾持人質的歹徒是和國光一起遭到通緝的義誠聯合會幹部高地和井戶，以及一名姓名不詳的幫眾。目前似乎還沒有查到川瀨的身分，遭到挾持的人質就是日岡認識的那名事務員木村。日岡想起她擦了鮮紅色口紅的嘴張得很大，露出金牙的笑容。

一個月前，國光曾經對日岡說，他是為了老大北柴兼敏繼續逃亡。目前由下水流一家的第七代總裁目蒲義人，和關東成道會的磯村成道會長擔任仲裁，結束這次的戰爭。只要看到雙方和解，確保北柴的生命安全，他就會讓日岡為他銬上手銬。

雖然日岡當時聽他這麼說時，對是否真的能夠和解產生疑問，但那天晚上的五天之後發生了一件事，讓國光說的這番話有了現實性。

明石組暗殺第四代組長武田力也的兇手，遭到通緝的心和會淺生組旗下富士見會的三名幫眾遭到了逮捕。三人躲藏在滋賀縣北部渕浪市內的公寓內，大阪府警派了四十多名偵查員將他們一網打盡。

一旦逮捕暗殺行動的兇手，明石組和心和會和解的可能性頓時增加了現實性，接下來取決於擔任仲裁的目蒲和磯村會如何行動。

熱衷報導黑道內幕的週刊雜誌提到，心和會將會視明石組提出的條件，舉起全面投降的白旗。

這篇報導中還提到，明石組表面上的條件是要求心和會解散，會長淺生引退和道歉，但檯面下針對暗殺主謀國光的處置問題展開了激烈的角力。

『我們才不要國光剁手指，而是要他的腦袋、他的腦袋──』

八卦雜誌沒有透露說話者的身分，但提到了明石組內部有人表達了這樣的意見。

日岡認為這是明石組的真心話。

國光打算主動投案來結束這場戰爭，姑且不論結果如何，沒想到在目前這個節骨眼上，被警方查到了行蹤。

──到底是誰，為了什麼目的告密？

在事件發生的六個小時後，日岡終於消除了腦海中翻騰的一部分黑色疑雲。

他接到了吳原東分局的唐津打來的電話。唐津告訴他，前天早上，縣警接獲了密報，說是有幾個很像是通緝犯的男人潛伏在中津鄉高爾夫球場工地。縣警搜查四課為了謹慎起見，派了十二名偵查員前往，試圖暗中確認，結果被國光發現，於是國光等人挾持了剛好在管理辦公室內的木村為人質，躲藏在辦公室內。

唐津簡單說明了這些情況之後，壓低嗓門說：

『發生這種事……你可能會遭到處分。』

重要通緝犯潛伏在管區內，日後的確可能會追究駐警沒有發現這件事的責任。

「我做好了心理準備。」

日岡簡短地回答。

『不過你不必太放在心上。如果你遭到處分，上面的人也都會受到影響，所以我想上面也會睜一隻眼，閉一隻眼。』

唐津說完這句話，說改天再詳談，然後就掛上了電話。

轄區警局二課目前應該處於十萬火急的狀態，唐津在這種情況下仍然擔心他的情況，特地打電話來，日岡內心感激不已。

電視螢幕上出現了將近一百名偵查員和機動隊員，以及眾多媒體記者。從高處拍到的畫面的確是在數百公尺外，用望遠鏡頭拍到的影像，現場的上空只有警方的直升機。

事件陷入了膠著。國光等人不理會警方要求釋放人質的要求，也沒有提出任何條件，只有時間慢慢過去。

日岡好幾次都忍不住想打電話到國光所在的管理辦公室，但最後還是克制了這種衝動。辦公室的電話絕對早就被警方監聽了。

深夜，電視節目結束之後，他打開收音機。因為已經太晚了，所以收音機內也沒有實況轉播。如果沒有動靜，就只是在新聞時段播報目前的情況而已，這也意味著沒有任何進展。

——國光到底有什麼打算？木村是否平安？到底是誰告密？明石組和心和會是否能夠和解？

這些問題一直在他的腦海盤旋。

不久之後，就迎接了黎明，天色漸漸亮了起來。日岡發現自己仍然穿著制服。

他完全失去了對時間的感覺，這段時間過得渾渾噩噩，既覺得得知國光挾持人質後沒過多少時間，又覺得好像已經過了一個星期。

突然響起的電話鈴聲讓日岡回過神。

他接起放在一旁的電話。

『喂，是日岡嗎？』

是齋宮。縣警搜查四課的齋宮和一課課長一起擔任現場的指揮工作。

「是，我是日岡。」

日岡正襟危坐後回答。

齋宮劈頭就問：

『你幾分鐘可以到這裡？』

齋宮要求他前往支援。

日岡看向牆上的時鐘。上午十一點——

「我十分鐘就可以到。」

只要無視速限就沒有問題。

『你馬上過來，詳細情況等你到了這裡之後再說。』

齋宮說完這句話，就立刻掛上了電話。

日岡馬上站起來，拿起掛在牆上的安全帽，握緊鑰匙，衝出了駐在所。

現場周圍一片森嚴。

媒體的廂型車和車身上寫了媒體名字的轎車，在離高爾夫球場工地不遠處圍在一起，周圍有許多站在梯子上扛著攝影機的攝影記者，和舉著大砲級單眼相機的攝影師。

媒體聽到日岡的機車聲，同時轉頭看了過來。如果日岡不是身穿制服，恐怕會被誤認為看熱鬧的民眾或是媒體記者。日岡放慢了速度，駛向現場時，人牆為他讓出一條路。

他把機車停在封鎖線前，急忙在撐起腳架的同時脫下了安全帽。

他在偵查員中尋找齋宮的身影。

——找到了。

齋宮手握無線對講機，站在指揮車的大型廂型車旁，幾名偵查員站在他周圍。

日岡全速跑了過去。

「齋宮課長。」

所有偵查員都轉頭看著他，他們看向日岡的眼神都閃爍了一下。

日岡走了過去，其他偵查員默默後退。

前任上司關掉了無線對講機，注視著日岡。

齋宮面無表情。消除所有感情的臉說明了現場狀況的嚴峻，他走向日岡一步後開了口。

「國光提出了要求。」

日岡透過警用無線電得知縣警正在和國光等人交涉，希望可以釋放人質。國光提出了什麼要求？

齋宮看著日岡，用低沉而清晰的聲音說：

「國光說，可以用你和人質的事務員進行交換。」

日岡倒吸了一口氣。這個意想不到的要求讓他說不出話。

他腦筋一片混亂，好不容易擠出一句話。

「和我交換嗎？」

齋宮點了點頭。

「他說曾經看過中津鄉的駐警，如果要交換，就和知道長相的駐警交換。你見過他嗎？」

沒有——日岡在思考之前，脫口回答道。

「說起來很丟臉，但我完全沒有發現。」

齋宮點了點頭，移開了視線。

「其實我們很想派特殊小組的人進去，但國光的腦筋很靈光，他可能認為認識的駐警比較好控制。」

——不，不是這樣。

日岡耳邊響起國光曾經對他說的話。

——怎麼了？你以為讓你親手為我銬上手銬這件事是騙你的嗎？你放心吧，我是個守信用的人。

媒體已經在報導明石組和心和會即將和解的事，警方當然也掌握了這個消息。這場火拼已經接近尾聲。

——國光要讓我親自為他銬上手銬。

日岡的心臟激烈跳動，他的視線從齋宮身上移開。因為他不想讓齋宮解讀內心的感情。

齋宮抱著雙臂，瞪著半空說：

「這件事也請示了警察廳，長官也已經同意了。」

齋宮收回視線，鬆開雙手，直視著日岡。

「日岡，很抱歉——」

齋宮停頓了一下，似乎在思考，然後費力地擠出這句話。

「希望你身為警察，可以拯救民眾和……不，拯救民眾的生命。」

日岡說不出話。他不知道該怎麼回答。

日岡愣在那裡，齋宮對他鞠了一躬。

「拜託了。」

日岡察覺到在場的所有偵查員都同時低頭拜託。他巡視周圍，覺得他們不像在低頭拜託，更像是垂頭喪氣。

周圍充斥著無線對講機的聲音、警察勸導圍觀民眾的聲音，和記者報導的聲音，以及在上空盤旋的直升機轟隆的聲音。

但是，日岡的周圍好像和外界隔絕般極其安靜，沒有人開口說話。

日岡整理著思緒。

縣警一定這麼認為。

挾持人質的歹徒是已經殺了三個人的兇惡黑道兄弟，沒有人能夠保證日岡能夠活著回來。除了日岡以外，所有警方人員都想到了殉職——這兩個最不樂見的字。

日岡也認為不能排除殉職的可能性。

雖然瞭解國光的真正意圖，但萬一發生特殊小組衝進現場的情況，任何事都有可能發生。

日岡想起在心和會會長家門前，負責警備工作時殉職的成田忠明巡查長的遺照，新聞報導中多次出現那張身穿制服、戴著警帽的半身照。

他的右手伸進長褲口袋，尋找Zippo打火機。

他的手指撫摸著狼的圖騰。

耳朵深處響起大上的聲音。

——萬一出事，萬事就拜託你了。

他一口氣吐出了積在肺裡的空氣。

「好。」

齋宮緊閉雙唇，用力點了點頭，向身旁的偵查員發出了指示。

聽到指示的偵查員急忙彎下腰，從旁邊的紙箱內拿出一套衣服。那是摺起的白襯衫、深藍色長褲和灰色西裝，黑色皮帶放在最上面。一看就知道是便宜貨。

「那就馬上換上這個。」

日岡接過衣服。

他當然不可能穿著佩戴手槍和特殊警棍的制服去和人質交換，這應該是縣警總部的指示。辦事真有效率。在由上而下的警察體系內，高層根本不認為自己會拒絕。

齋宮轉頭看向後方說：

「跟我來。」

他示意日岡去黑色廂型車。

日岡跟在齋宮身後。

大型廂型車是特殊警用車輛，車上有無線通訊設備，還有電視和冰箱，應該是其中一輛指揮車。

坐在駕駛座和副駕駛座上的偵查員看著前方，一動也不動地坐在那裡，但他們應該從後視鏡中看向日岡。

齋宮在第一排座位坐了下來。

日岡在齋宮身旁坐下後，脫下制服，換上了襯衫和長褲，繫好皮帶，又穿上警方事先準備好的西裝。他俐落地從制服長褲口袋中拿出香菸和打火機，放進西裝口袋裡。

換好衣服後，齋宮轉頭看著他說：

「日岡，」

齋宮的聲音很小聲，然後把頭湊了過來，讓他可以聽清楚。齋宮的視線看著日岡的腰部。

「皮帶扣內裝了竊聽器，這樣我們就可以掌握裡面的狀況。」

日岡忍不住看著皮帶，看到了閃著銀光的黃銅小盒子——乍看之下，只是很普通的皮帶扣。

齋宮抬起雙眼，看著日岡的臉。

「一旦你有生命危險，就會命令特殊小組衝進去，但並不是由我判斷，是搜查一課的課長。他腦筋很好，到時候應該會毫不猶豫做出決定。你看到閃光彈後，就立刻低頭趴下，知道了嗎？」

日岡心跳加速。

「我知道了。」

他只回答了這句話。

無線對講機突然響起。

『——這裡是第四組，管理辦公室窗前有一個人影，塑膠布晃動了一下，應該是在觀察外面的情況，但無法判斷是誰。』

對講機內響起激烈的對話。

齋宮叫著日岡。

「我說日岡啊，」

日岡看著齋宮。

「你可別死啊。」

齋宮臉上的表情很嚴肅。

「我向來不參加下屬的葬禮，所以，你要活著回到我面前。」

日岡看向周圍，每個人都低下頭，緊抿著嘴唇。

以前在哪裡看過同樣的景象。沒錯，是在終戰紀念日看的電視特別節目中，看到了特攻隊員坐上單程燃料的零式戰機，和整備兵道別的身影。

無線對講機再度響起。

『接到歹徒電話。必須在一小時內完成人質和駐警的交換。重複一次，必須在一小時以內完成交換。一旦超過時間就作廢——』

管理辦公室和搜查總部之間似乎已經建立了熱線。

日岡看著齋宮說：

「那我出發了。」

他站了起來。

齋宮用力點了點頭。

日岡走下廂型車，齋宮和其他偵查員跟在他的身後。

他仰望天空。

警用直升機緩緩在上空盤旋。

一個男人走向日岡。

他是縣警搜查一課課長二瓶亮造警視。

日岡曾經在縣警的宣傳雜誌和報紙上多次看到二瓶，但第一次親眼見到本人。

二瓶在日岡面前停下腳步。

「你就是日岡巡查嗎？」

「對。」

日岡立正後，向二瓶敬了禮。

二瓶注視著日岡。

「拜託了。」

二瓶拍了拍日岡的肩膀，退後一步，轉頭看向後方。手拿移動電話的偵查員遞上了電話，在二瓶接過電話後，偵查員按了主機的按鍵。

二瓶的嘴對著話筒。

電話似乎接通了。

「我是縣警總部的二瓶，現在派中津鄉的駐警去辦公室。按照你們之前說的，在距離辦公室門十公尺的地方交換。」

國光可能同意了，二瓶說了聲「好」，掛上了電話。

日岡轉頭看著齋宮。

齋宮向管理辦公室揚了揚下巴。

去吧。齋宮向他指示。

日岡點了點頭。

視線看向前方。

大批警察在不知不覺中分成兩半，為他讓出一條路。

和管理辦公室之間大約有一百公尺的距離，這條路延續了將近一半的距離。形成人牆的除了警察以外，還有機動隊員，以及便衣刑警。所有人都整齊地站在這條二十公尺寬的人牆路兩側，雙手放在身旁，挺直身體，注視著日岡。

日岡抬頭看著上方。

秋天的午後——天氣晴朗，沒有一絲雲。幾隻不知名的鳥聚在一起飛過頭頂，周圍的山上已經被秋葉染成了紅色和黃色。

他把手放在西裝的口袋上。

他確認了雕刻著狼圖騰的打火機。

用力深呼吸。

然後，邁開了步伐。

兩旁的警察隨著日岡的腳步紛紛敬禮。

照相機的閃光燈同時閃亮。

日岡緩緩走向國光。

走完兩側都站著警察的那條路時，管理辦公室的門打開了。

一個腦袋從門縫中探了出來。是高地。他那雙很有特徵的三角眼比之前更加銳利。頭上綁著白色毛巾。

高地把旋轉式手槍舉在胸前，是小型柯爾特——指向門外，左右搖晃著。

日岡看著槍口，小心翼翼地向前走。

來到距離辦公室二十公尺的位置——高地突然大聲說：

「先在那裡停下！」

日岡停下腳步。

從背後的空氣，可以感受到偵查員內心的緊張。

槍口從視野消失，也一下子看不到高地的身影。

但是，立刻出現了一個新的人影。

是人質木村。高地抓住她工作服的領口，槍口對著她的腦袋——

木村應該很緊張，一臉失魂落魄的表情，好像隨時會倒在地上。

高地也從門內走了出來，把木村擋在自己身體前方，微微蹲下身體，觀察著四周。

身後連續傳來按快門的聲音。

——不要刺激他。

日岡回頭瞪了一眼，用眼神制止攝影師。

後方的機動隊舉起杜拉鋁製的盾牌，一動也不動地看著高地。日岡在把頭轉回來時，眼角掃到了工人住宿的組合屋屋頂。

他看到了人的腦袋。應該是縣警的槍械對策部隊的人。他們用來福槍瞄準，一旦高層下達槍殺的命令，他們就會立刻狙擊歹徒。

日岡看著高地和木村，想到了腰上的皮帶扣。竊聽組的人現在應該圍在器材周圍嚴陣以待。

高地從後方抱住木村的脖子，槍口對準了她的太陽穴。

木村發出了無聲的悲鳴。

高地向前走了幾步，井戶在後方舉著槍護援。井戶手上拿的是自動手槍。白朗寧手槍嗎？井戶的槍口左右移動，似乎在威嚇周圍的人。

「過來這裡！」

高地對著日岡揚了揚下巴。

日岡拖著步伐走了過去。

日岡走到和高地相距五公尺的位置時舉起雙手，顯示自己身上沒有武器。

高地看著日岡，對著身後的井戶揚了揚下巴。

井戶點了點頭，默默走向前，用沒有拿槍的手從日岡的胸前摸到腳踝。

然後轉過頭，用力點了一下頭。

高地看了周圍一眼，命令日岡：

「好，你過來這裡。」

「好。」

日岡覺得好久沒有聽到自己的聲音了。

日岡舉著雙手，按照高地的指示，走到他身旁。

高地立刻把槍口移向日岡的頭部，同時用一隻手輕輕推了木村一下。

木村身體微微向前衝，一臉害怕的表情轉過頭。

井戶輕輕揮了揮舉到耳邊的槍，示意她趕快離開。

木村吞著口水，喉嚨上下動了一下，搖搖晃晃地走向前方。即使旁人也可以看出她的雙腿發抖。

高地向井戶揚了揚下巴。

井戶粗暴地握住日岡的雙手，拉向自己，然後在背後交叉，把日岡向後拉。日岡的雙腳都快打結了。

木村走了十公尺左右，突然跑了起來。

像牆壁般排成一排的杜拉鋁盾牌瞬間分開，當木村倒進分開的空間後，立刻消失在盾牌牆的後方。

高地用槍口指著日岡的頭，緩緩後退。

眼前是陷入一片騷動的警方人員和媒體。

不計其數的緊急車輛閃著紅燈——還有幾輛救護車在待命。木村應該會立刻被送去醫院。雖然她看起來精神衰弱，但並沒有明顯的外傷。

國光不可能傷害普通民眾。

井戶抓著日岡的衣領，把他推進了辦公室。

一走進屋內，立刻聽到了電視的聲音。國光他們也在看挾持人質事件的實況轉播。

高地把槍口對著門外，迅速走了進來，關上了門。他鼓起臉頰，用力吐著氣。

「喔，你終於來了。」

國光快活地說道。

日岡立刻把右手食指放在嘴唇上，然後左手連續多次指向皮帶扣。

國光可能察覺了他的意圖，默默點了幾下頭開始演戲。

「駐警先生，你叫什麼名字？」

國光假裝第一次和日岡面對面。

「我姓日岡，日岡秀一。」

日岡也配合他演戲。

「是嗎？原來是日岡先生，為了安全起見，我們要檢查一下。」

國光對著高地揚了揚下巴，「喔喂」了一聲。

高地似乎也察覺了竊聽器，假惺惺地對國光說：

「雖說是鄉下地方的駐警，但條子畢竟還是條子，誰知道他會搞什麼名堂。」

說完，他在日岡的衣服上拍了起來。

從頭到腳檢查完畢後，笑了笑對日岡說：

「那就請你把衣服也脫下吧。」

有必要做到這種程度嗎？日岡有點驚訝，但還是順從地脫得只剩下內衣褲。

「可別叫他跳康康舞。」

國光在一旁奚落道。

幾個手下哄堂大笑。

跳康康舞是犯人在移監時，監獄管理員檢查身體的一種方法。在指定地點脫下內褲後，張開雙腿後把腿抬高，檢查是否有在肛門內藏東西，所以取了這個名字。

日岡笑不出來。

搞不好特殊小組會衝進來。搜查一課的特殊事件搜查股，和以控制現場為目的的警備部特殊部隊不同，將救助人命和逮捕歹徒放在首要位置，通常不會亂開槍，但還是無法排除被流彈打中的危險。

國光等人已經做好了送命的心理準備，所以無憂無慮地繼續演著猴戲。

「也檢查一下皮帶扣。」

國光說。

「是。」

高地回答後，拿出插在腹帶上的匕首，把皮帶扣撬開了。

「這是什麼？」

高地故意大聲說著，高舉起竊聽器給國光看。

「你竟然暗算我們！」

高地大聲怒喝。

「算了，別激動，」國光安撫著他的情緒，「這也是條子的工作，這點事不足為奇，不必和他計較。」

「但是老大——」

高地假裝難以接受地說。他的演技很不錯。

「日岡先生是重要的客人，要好好對待他。」

國光看著川瀨說：

「幸三，把我的衣服拿給他。」

「是。」川瀨俐落地從衣櫃裡拿出襯衫和用和紙包起的上衣、長褲。

他走到日岡面前，雙手遞上衣服。

日岡看著灰色雙排扣西裝的標籤，發現是國產的品牌，但料子很好。

日岡穿上衣服，發現尺寸剛好，然後把香菸和打火機放進衣服口袋。

「很帥嘛，尺寸也剛好。」

國光看著日岡，摸著下巴，對井戶說：

「敬士，那種便宜貨丟去外面。」

「是。」

井戶撿起日岡脫下的衣服，打開門鎖，微微把門打開一條縫，然後把衣服丟了出去。

接著，他立刻關上了門，鎖上門之後，用力拍著手，好像剛才碰了什麼髒東西。

國光笑著點了點頭，但隨即露出嚴肅的眼神看著地上的竊聽器，默默向高地揚了揚下巴。

高地用力點頭。

他打算演到底。

「竟然帶這種東西來，真是太讓人火大了！」

他把腳抬得很高，踩在竊聽器上，直到被踩得粉碎。

竊聽組的人一定聽到巨大的聲響。

「好了——」

國光用好像剛洗完澡般神清氣爽的聲音說。

「總算都收拾乾淨了，來，坐吧。」

他請日岡坐在矮桌旁。

國光也坐在自己的老位子上盤起了腿。

日光在斜對面的座墊上坐了下來。

——要從哪件事開始問起？

日岡拿出香菸時仍然舉棋不定。

國光似乎看透了日岡的心思，伸手制止說：

「我想你應該有很多問題想問，先喝杯咖啡抽支菸再說。敬士——」

他向井戶使了一個眼色。

「是，馬上準備。」

井戶在說話的同時走向廚房。

國光拿出了香菸。

川瀨立刻跑過來為他點了菸，然後也為日岡叼著的菸點了火。

日岡道謝後用力吸了一口，肺部吸收了尼古丁，腦袋有點昏。這是今天的第一支菸。

他看向矮櫃上的電視，螢幕上剛好從實況轉播切換到廣告。

坐在窗邊的川瀨立刻掀起了塑膠布，觀察外面的情況。

原來如此。當這個辦公室出現在電視上時，不必擔心警方會從外面衝進來。

廚房傳來水燒開的聲音。

水電、瓦斯等生活必需設備並沒有中斷。

井戶用托盤端來了兩杯咖啡和兩塊小毛巾。

他鞠了一躬，把小毛巾遞給國光，然後恭敬地把托盤上的咖啡杯放在矮桌上。

「只有即溶咖啡。」

說完，他把小毛巾和杯子放在日岡面前，杯盤上放著砂糖和奶精。國光喝的是黑咖啡。

國光用小毛巾擦完手，把香菸在菸灰缸裡捺熄，喝了一口咖啡，重重地吐了一口氣之後，轉頭看向日岡。

「好了，現在是提問時間——雖然我很想這麼說，但還有一件事要做。」

說完，他把手邊的電話拉到面前，拿起了電話。

「是我，國光。」

他粗聲粗氣地說。

這裡的電話一拿起來，就可以連接到現場的搜查總部。應該是警方請電話公司協助設定了這樣的功能。

「叫上面的人來聽電話。」

上面的人——應該是指負責指揮工作的搜查一課課長。

幾秒鐘後，偵查員似乎把電話交給了課長。

國光開了口。

「是二瓶嗎？我現在提出要求，我只說一次，你把耳朵挖乾淨給我聽好了。」

國光叼起香菸，向高地使了一個眼色。

高地立刻用打火機為他點了火。

國光吐了一大口煙，用好像在叫外賣的輕鬆語氣說：

「我要三億現金，在明天之前準備好。」

日岡懷疑自己聽錯了。二瓶應該也一樣，似乎在向國光確認。

「我說三億就是三億，不可以用新鈔，要準備舊鈔。」

二瓶不知道說了什麼，國光用鼻子噴氣，冷笑一聲說：

「你在說什麼夢話，怎麼可能等那麼久？別忘了駐警在我手上。」

他看著日岡，露齒一笑。

「還有——」

國光抽著菸說。

「再去準備裝甲車，沒錯，就是連機關槍的子彈也打不穿的那種大裝甲車。」

國光對著天花板吐著煙。

「明天下午三點，只要晚一分鐘，就無法保證駐警的性命。聽清楚了嗎？聽清楚的話，就去和生口討論一下。」

生口——日岡猜想應該是指警察廳長生口忠興。

「我這個人脾氣暴躁，王八蛋！」

國光說完，就不由分說地掛上了電話，捺熄香菸後露齒一笑。

日岡把臉湊到國光面前問：

「你不是認真的吧？」

國光聳了聳肩。

「你真聰明，這是為了爭取時間。這麼一來，警察就不會輕舉妄動，因為人命關天——而且還是自己人，不是嗎？」

國光說的沒錯。

姑且不論裝甲車，要張羅三億——而且是三億舊鈔不可能在短時間完成。這麼大的案子，當然必須請示長官的許可。警方至少在明天三點之前，想動也暫時動不了。

國光喝了一口咖啡。

「好了，現在真的是提問時間了。」

他用眼神催促日岡。

「為什麼要我換衣服？」

他立刻問了這個問題，連他自己都嚇了一跳。

「搞什麼啊，竟然先問這件事。」

國光笑了起來，似乎覺得很有趣。

「很難保證只有皮帶扣裡裝了竊聽器，現在市面上也有裝在西裝扣子裡的小型竊聽器。」

日岡不由地心服口服。國光的腦袋果然靈光。

他喝著已經變溫的咖啡。

日岡也喝黑咖啡。

他的舌頭感受著苦味，叼了一支菸，立刻用Zippo點了火。

然後仰起頭，吐了一口煙。

他將視線移回國光身上，冷靜地說：

「請你把為什麼會變成這樣的詳細經過告訴我。」

國光點了點頭，微微晃動著手上的杯子。

「那是——」他看著半空問：「那是昨天幾點的時候？」

「好像是十一點左右。」

高地在一旁小聲提醒。

「對，十一點左右。木村大嬸剛好送郵件來這裡。對了，」國光補充說，「是女人寫給我的信，寫給吉岡的。」

吉岡是國光的假名字。所有郵件應該都寄到前面的辦公室。

「剛好這個時候，幸三掃完廁所，臉色鐵青地走進來，說有陌生人在外面縣道上走來走去。我問他是什麼樣的人，他說看起來一臉兇相，搞不好是明石組的人。我馬上搖頭說不可能，如果是神戶那些傢伙，會不由分說地拿著槍衝進來。除了黑道兄弟以外，一臉兇相的人絕對是暴力的人。」

暴力是關西的黑道用語，指暴力幫派對策課的刑警。

「我和庸一一起去外面察看，果然不出所料，就是條子。他們耳朵裡塞了耳機，一眼就看出來了。我們馬上回到辦公室鎖上門。條子來了——庸一說完，立刻就把傻站在那裡的大嬸雙手拉到背後。」

國光看著高地，放鬆了臉頰的肌肉。

「你當時是不是對她說，請見諒？」

「是啊。」高地靦腆地抓了抓頭。

「敬士和幸三轉眼之間就把大嬸綁了起來，她驚訝得眼珠子都快跳出來了。這也難怪，因為她應該做夢都沒想到身邊竟然有通緝犯。」

日岡不難想像木村驚慌失措的樣子。

他終於知道挾持木村做為人質的原因。

「警方什麼時候知道你們挾持了人質？」

國光舉起手，制止了日岡，把喝到一半的咖啡喝完，叼了一支菸，用下巴指了指高地。

「我讓他拿著槍——」

他用力吸了一口點燃的菸，吐著紫煙說：

「然後對著外面的刑警報上自己的姓名。庸一，你再說一次當時說的話。」

「老大，你饒了我吧。」

高地紅著臉，鞠了一躬。

國光笑了笑，模仿高地的聲音說：

「我們是遭到通緝的義誠聯合會的人，已經挾持了辦公室的大嬸作為人質，如果你們敢亂來——你們就一輩子別指望升遷了。」

國光看著日岡，似乎在問他：「怎麼樣？」

日岡不知道該怎麼回答。

不難想像縣警四課的刑警有多驚訝，簡直就是出門隨便買了一張樂透，沒想到竟然中了頭彩。

日岡催促國光繼續說下去。

「之後怎麼樣了？」

國光做出從門縫向外張望的動作，一臉搞笑的表情說：

「然後讓外面的人可以看到大嬸的臉，然後我的帥臉也去亮相了一下。」

日岡不難想像偵查員驚慌失措的樣子。

他想跟著笑一下，但臉頰的肌肉只是抽搐了幾下。

他不經意地看向電視。

這個辦公室不知道什麼時候又出現在電視螢幕上。

記者的聲音從耳邊飄過。

他轉頭看向窗邊。

川瀨豎起單腿坐在地上看了過來。他應該正在專心看後方的電視。

日岡將視線移回國光身上。

「木村當時怎麼樣？她應該做夢也沒想到會突然被綁住，而且還被拉出去示眾。」

「沒想到，」國光笑著說，「那個大嬸膽子還挺大的，即使知道了我們的真實身分，她也一副那是誰啊的表情。我們嚇唬她說，我們是殺了人的兄弟，她也不相信。」

日岡想起第一次見到木村時的情況，她一直稱讚國光他們是好人。當自己深信的事遭到否定，人往往無法馬上相信。

高地看了一眼手錶，小聲對身旁的井戶說：

「喔喂，差不多該換班了。」

「是。」井戶回答後，起身走向窗邊，向川瀨點了點頭，換他守在窗邊。

川瀨向井戶鞠了一躬，在井戶剛才坐的座墊上坐了下來。

川瀨臉上冒著鬍渣，眼睛佈滿血絲。

日岡抬頭一看，發現國光和高地的眼睛也很紅。

「你們整晚都沒睡吧。」

「是啊。」國光點了點頭。「你應該也沒睡吧？」

日岡摸了摸自己的下巴。

下巴摸起來刺刺的。他這才想起自己連臉都還沒洗。

他看向坐在對面的高地。

高地苦笑著說：

「這種程度的情況，我們早就習慣了。」

聽說兄弟守在幫派總部時，通常只能稍微打一下瞌睡，因為隨時都可能發生狀況。

更何況在火拼期間，熬夜更是家常便飯。

電視螢幕畫面回到了攝影棚。

經常看到的核心電視台的主播引用了淺間山莊事件，談論著實況轉播的內容。

日岡小聲地說：

「你們打算撐到什麼時候？」

國光抱起雙臂，轉動著脖子說：

「嗯……應該到明天中午。」

「明天中午？」

日岡的語尾忍不住上揚。

國光一臉嚴肅的表情說：

「明天要在神戶的明石組總部和解，淺生會長和我老大要去那裡，下水流一家的目蒲總裁和關東成道會的磯村會長也會出席。他們早上十點進去，順利的話，一個小時就可以結束。淺生和我老大的車子從總部的大門開出來，就代表和解順利。到時候就全部結束了。」

日岡不由地倒吸了一口氣。

所以他把提出要求的時限定在下午三點，在時間上更加充裕。

——國光在各方面都想得很周到。

日岡再度感到佩服。

電視又開始實況轉播現場的情況。

太陽漸漸下山了，周圍的山都籠罩在一片黑暗中，只有這棟組合屋被投光器強烈的燈光照亮了。

「我可以問一個問題嗎？」

「不管一個、兩個都沒問題。」

國光笑著說。

「你為什麼殺了同門的幹部？真的和販賣安非他命有關嗎？」

「哼，」國光冷笑一聲，「你還相信週刊雜誌的胡說八道嗎？」

高地突然情緒激動地說：

「那不是老大的錯！因為已經警告那個王八蛋好幾次，不要再賣冰毒給我們的小弟了！老大還警告他，下次再犯，就會要他的命，那個王八蛋——」

國光伸手制止了高地。

「庸一，別說了。」

高地難掩激動地咬著嘴唇，低下了頭，呼吸時，肩膀用力起伏。

「——都是陳年往事了。」

國光嘆著氣說。

國光為了這起事件遭到判刑，雖然獲得假釋，但也坐了五年牢。

不知道國光在牢裡都在想什麼，忍耐了這麼長的日子。

「現在幾點了？」

國光問高地。

高地猛然抬起頭，看著國光後方牆上的掛鐘。

「六點。」

「難怪肚子餓了。」

高地對身旁的川瀨叫了一聲：

「喔喂！」

「是！」川瀨立刻站了起來，把手放在從塑膠布縫隙向外張望的井戶肩上說：

「老大，讓我來。」

井戶點了點頭，轉頭看了過來。

國光笑著對他說：

「敬士，來做點好吃的。」

「是！」

井戶鞠了一躬，走進廚房。

二十分鐘後——放在矮桌上的晚餐是烤飯糰和炒蔬菜。

「現在只能做出這些東西。」

日岡聞到醬油烤過的香氣，肚子從剛才就餓得咕咕叫。

他從早上到現在都沒吃東西，口水都快流下來了。

他拿起烤飯糰大口咬了起來。

「——太好吃了。」

他忍不住出聲說道。

「還有很多，要吃多少儘管說，不要客氣。」

井戶高興地看著日岡。

他說在挾持人質閉門不出之後，就煮了大量的飯，做成飯糰後放在冷凍庫。

國光大口吃著裝在大盤子裡的炒蔬菜，才吃了一口，就挑起單側眉毛問：

「這是麻油嗎？」

「對，老大吃不習慣嗎？」

井戶一臉擔心地問。

「不，相反。」

國光露齒一笑。

日岡也夾了一口。

的確可以吃到淡淡的芝麻香氣。

還有鮪魚的味道。他加了罐頭鮪魚嗎？
井戶下廚的手藝絕對是廚師級。
日岡吃了四個烤飯糰。
吃飽之後喝著茶。
他差一點忘記自己是在緊張的狀況下當人質。

晚上八點。日岡看著電視。
電視螢幕上，諧星正在挑戰猜謎。
七點之後，當地各家電視台就恢復了播放正常節目。
電視台似乎打算一旦有狀況，就會用字幕快報，然後立刻切換到現場連線的實況報導。
「真無聊。」
國光看著電視，忍著呵欠，叼起一支菸。
高地立刻為他點了火。
日岡也伸手拿起放在矮桌上的香菸。
拿起來時發現很輕，低頭一看，發現只剩一根了。
他把最後一根Hi-lite放進嘴裡，把空盒捏扁了。

他婉拒了川瀨遞過來的打火機，自己點了火。

「如果你不嫌棄七星，這裡有很多。」國光對他說：「這裡太偏僻了，所以我們準備了很多，簡直可以開菸店了。」

「那我就不客氣了。」

「喔喂！」國光揚了揚下巴。

川瀨站了起來。

他從廚房碗櫃的抽屜裡拿來一整條香菸。

「請。」

他把菸遞給日岡。

「老大，我也可以嗎？」

高地戰戰兢兢地做出抽菸的動作問。

「我之前不是就告訴你們，想抽菸時不必客氣，你們也抽吧。」

他輪流看著井戶和川瀨說道。

日岡之前從來沒有看到國光以外的人抽菸，其他人都在克制嗎？

「謝謝老大。」兩個人同時說道。

他們分別拿了菸，點了火。

深夜十二點。

川瀨輪流站完哨時，國光對他說：

「幸三，你不會想睡覺嗎？你稍微休息一下。」

川瀨用力搖頭說：

「我沒關係，老大，你該休息一下。」

高地也加強語氣說：

「對啊，老大去睡一下，我會把眼睛瞪得像盤子一樣大好好觀察。」

國光笑著說：

「你們在說什麼啊，你們才該輪流去休息。不必擔心條子，別忘了我們手上有出色的人質。」

他笑著看向日岡。

「說到人質，」高地呵呵笑了起來，「木村大嬸的表情真是太有趣了，老大拿下手銬給她時，她簡直嚇壞了。」

「沒錯沒錯。」川瀨也點著頭。

國光說：

「即使隨便賣，那個勞力士也可以賣一百萬。」

「一百萬——」

日岡發出驚叫。

「為什麼？」

「為了以防萬一。」

日岡聽不懂國光這句話的意思，皺起了眉頭。

「給了她之後，她就不會對條子亂說話了。」

封口費。國光竟然想得那麼遠。

日岡回想起週刊雜誌上的內容。

——暗殺了武田的國光寬郎從年輕時開始，就和目前的太子熊谷元也並稱為明石組的兩大潛力股。

此話不假。

天亮了。五個人一整晚都沒睡。

他們輪流洗了臉，吃了只有麵包的簡單早餐。

大家都很安靜。

早上九點。電視上的談話性節目開始了。

攝影棚內，現場來賓在主持人兩側滿面笑容地對著鏡頭鞠躬，異口同聲地說：

『早安！』

主持人抬起頭時，收起了臉上的笑容。

『有關大家關心的挾持人質事件的後續報導──我們來看一下現場的情況。』

螢幕上出現了組合屋。

同時出現了巨大的紅色字幕。

──兇惡！黑道幫派挾持人質事件後續報導！

畫面上又接著出現了周圍的情況。

可以看到機動隊員戴著安全帽，手持盾牌的背影。

身穿制服的警察和偵查員，和警方車輛也進入了畫面。

「還有這麼多人啊。」

國光小聲嘀咕。

九點五十分。剛才暫時不談事件相關問題，開始播報娛樂新聞的攝影棚內一下子充滿了緊張，似乎接到了新聞快報。

『娛樂新聞必須先暫停一下，這是來自明石組神戶總部的連線報導，現場的佐佐木先生——』

主播叫著記者。

畫面切換到現場。

「喔，是總部。」

國光說完，身體前傾，看著電視螢幕。

寧靜的住宅區——日岡之前也曾經在電視上多次看到，但目前像古代武士宅邸的大門前有一整排機動隊成員，也擠了很多媒體記者。

手拿麥克風的記者按著耳機，大聲地說：

『是。這裡是明石組總部前，心和會會長的座車即將抵達這裡。』

黑道兄弟和警察在記者身後大叫著：

『退後！叫你們退後聽不懂嗎？笨蛋！』

短髮、一臉兇相——穿著防彈背心的偵查員斥責身穿特攻服的小混混。

『幹嘛、幹嘛，態度不能好一點嗎？』

身穿黑衣的幹部一臉不以為然地挑釁刑警。

光聽說話聲音，分不出到底誰是黑道。

黑道幫派都把暴力幫派對策課的刑警簡稱為「暴力」。

被其他媒體記者擠得縮起脖子的記者猛然抬起了頭。

汽車喇叭聲——螢幕上出現一排高級黑頭車。現場比剛才更加混亂。

『座車現在已經到達。呃，總共有四輛。四輛座車就在剛才駛入了大門！根據我們掌握的消息，仲裁人的車子也一起進入了。神戶車牌的賓士應該是心和會會長的座車，同樣是神戶車牌的豐田世紀……可能是幹部的座車。』

國光開心地拍了一下手。

「那是老大的車子。」

記者看著手上的筆記，繼續報導現場的情況。

『據說這次由京都的下水流一家的第七代總裁，和熱海的關東成道會會長一起擔任仲裁，一旦明石組與心和會和解，剛才的四輛座車就會出來。以上是來自現場的連線報導。』

『佐佐木先生，』主持人叫住了記者，『請問大約會持續多少時間？』

記者用力按著耳朵裡的耳機，點了點頭說：

『嗯，應該差不多一個小時左右。』

『所以大約會在十一點左右結束嗎？』

『對，應該是這樣。』

『謝謝。』

這時，剛好是廣告時間。

國光看著電視，小聲嘟噥說：

「你要不要和我結拜兄弟？」

「結拜兄弟？」

日岡說話的聲音忍不住變尖了。

國光轉身面對日岡，跪坐在那裡。

「沒錯，五寸。」

國光想和我成為平起平坐的兄弟。

國光注視著日岡。

「我有兩個不同行業的兄弟，一個是博多的坂牧廣大，你應該也聽過他的名字。就是坂牧建設的坂牧，另一個叫道永芳朋，是神戶餐廳的老闆──是朋美的親哥哥。」

日岡露出訝異的表情，高地在一旁補充說：

「是神戶的大嫂，和老大在一起的時間最久。」

「除此以外──」國光繼續說道：「還有三個不同門的兄弟，第一個就是你也認識的吳原尾谷組第二代組長一之瀨守孝，還有九州熊本睦會的辰木博，以及關東成道會的秋津次郎──這兩個人都是直系的太子。這就是所有和我平起平坐的兄弟。」

日岡看著半空。

——如果是大上，他會怎麼做？

日岡閉上眼睛思考著。

他可以感受到在場的所有人都屏氣斂息地看著他。

日岡張開眼睛。

國光壓低聲音說：

「放心吧，這件事絕對不會傳出去。」

日岡下定了決心。

他點了點頭，然後鞠了一躬。

「太好了！」

國光拍著大腿說，然後對著井戶大聲說：

「敬士，有沒有日本酒的酒杯？」

「對不起，只有普通的酒杯……」

井戶坐在矮桌旁低頭說道。

「沒關係。」

「是！」

井戶急忙走去廚房。

他用托盤端了兩個酒杯走了回來。

他把托盤放在矮桌上，一臉歉意地說：

「老大，日本酒喝完了，真的很對不起。」

他鞠躬道歉，額頭幾乎碰到了膝蓋。

國光無奈地笑了笑說：

「這不是你的錯。」

井戶小聲嘀咕說：

「對不起，但有燒酒……」

國光挑起眉毛說：

「那就用燒酒。」

高地俐落地開始為結拜儀式做準備。

他從壁櫥內拿出嶄新的床單，用牙齒咬開後撕成兩半，把其中一半白布鋪在矮桌上。

然後恭敬地把酒杯高舉到頭頂，放在國光和日岡面前。酒杯旁放著和紙。

準備就緒後，高地深深鞠躬。

「這是簡略儀式——」

高地說完後鞠了一躬，拿起一旁的大燒酒瓶倒酒。

燒酒慢慢倒進國光的酒杯中。

當倒滿七分後，又在日岡的酒杯中倒酒。

「請一口氣喝完。」

日岡模仿國光的動作，雙手舉起酒杯。

「請——」

高地大聲說道。

日岡一口氣把酒喝完，拿著空酒杯，看著國光。國光也剛好喝完，然後用和紙包起空酒杯。

日岡急忙也用和紙包起酒杯。

國光把手伸進西裝內側口袋，把酒杯放了進去。

日岡也把酒杯放進懷裡，然後在西裝外輕輕拍了拍胸口，確認酒杯的感覺。

國光摟住了日岡的肩膀，搖著他的肩膀說：

「兄弟——以後我們說話不必再像以前那麼拘謹，知道嗎？」

「知道了，兄弟。」

日岡的聲音有點沙啞。

國光瞇眼笑了起來。

上午十一點。談話性節目結束，廣告之後開始播報新聞。

電視螢幕中，電視台的主播一臉嚴肅地朗讀著手上的稿子。

在簡短報告政界大老出國訪問的動向後，畫面切換到明石組總部前。

『外界認為明石組與心和會將在今天握手言和，剛才進入明石組總部的心和會會長的座車正駛出大門。』

畫面切換後，螢幕上出現了黑色的豐田世紀駛出大門那一幕。

「太好了。」

國光拍著大腿大聲說道。

室內響起一陣歡呼。

國光的手下都高興地拍著手。

國光縮著嘴，用力吐了一口氣。

「結束了。」

他站了起來，命令手下：

「喂，趕快做準備。」

他們可能事先就決定了該怎麼做，三名手下慌忙分頭忙碌起來。

川瀨把衣櫃裡的東西都放進透明塑膠袋裡。井戶站在廚房，在流理台內燒一堆事先準備好的紙。看起來像是書信和電報。

高地從工具箱內拿出手槍，取出子彈。總共有將近十把槍。

日岡雖然不知道自己該做什麼，但還是準備站起來。

國光把手放在日岡的肩上。

「喔喔，兄弟，你坐在這裡等一下。」

說完，他從左側腰間拔出手槍，放在矮桌上。那是一把S＆W的二十二口徑的手槍，但不知道是美國的正規品還是仿冒品。國光把槍滑到日岡面前，一臉嚴肅地說：

「在出去之前，要先動一下手腳。兄弟，你先閉上眼睛。」

日岡搞不清楚狀況，但還是閉上了眼睛。

「你不要動喔——」

日岡可以感受到國光屏住了呼吸。

日岡感覺到一股殺氣。

他忍不住害怕，身體往後退。臉頰同時感受到一陣劇痛。

「嗚啊啊！」

他慘叫一聲，趴在地上。

「喔喔喔、喔喂——你幹嘛！不是叫你不要動嗎？」

日岡的臉頰一陣灼燒，好像燒起來一樣。

他戰戰兢兢地摸了摸左側臉頰。

臉頰濕了。

他睜開眼，看著自己的手。

是血。手上沾滿了鮮紅的血。

他看向國光。

國光拿著匕首，顯得不知所措。

國光回頭對手下說：

「你們在幹嘛！趕、趕快——拿擦的東西過來！」

高地慌忙解下頭上的毛巾遞給國光。

國光坐在日岡身旁。

擦完血之後，他用恢復平靜的聲音說：

「放心吧，沒有很嚴重，只是可能會留下傷痕……」

他拿起燒酒的酒瓶，含了一口酒。

日岡條件反射地閉上眼睛，繃緊全身。

立刻——他感受到好像灼燒般的疼痛。

國光把燒酒噴在他臉上。

等到疼痛漸漸消失，日岡直起上半身，右手撐在地上，用力吐了一口氣。

他終於瞭解國光說，在出去之前要動一下手腳的意思了。他要赤手空拳把三名持槍的男人一網打盡，當然不可能毫髮無傷。國光要製造出日岡和歹徒扭打時，被匕首割傷的假象。

日岡用毛巾按著臉頰，費力地擠出聲音說：

「不需要做到這種程度……」

國光看著日岡的眼睛說：

「我原本打算輕輕劃一刀，對不起。」

國光站了起來，把手放進長褲口袋，身體向後仰。

「兄弟，你和我扭打在一起，然後被匕首割傷了臉，這樣沒問題吧？」

日岡用力點了點頭。

十二點。遠處的城山小學中津鄉分校傳來了鐘聲。

按照事先的約定，高地慢慢打開了辦公室的門。

日岡剛才已經打電話到搜查總部。

——我是日岡，已經制服三名歹徒，等一下會出去。不要開槍。再重複一次。已經制服歹徒，即將出去，不要開槍！

日岡說完，立刻掛上了電話。

高地用剛才撕下的半塊床單當作白旗，高高舉在頭上，走出門外。

井戶和川瀨也高舉雙手走了出去。

日岡把Ｓ＆Ｗ的槍口對準了國光的脖子，另一手抓住他走出門外半步。

立刻看到許多警察做出射擊的姿勢。

沒有聲音。

即使是以說話為職業的記者，也拿著麥克風，茫然地看著日岡他們。

日岡又向前走了半步。

他的身體已經完全走出辦公室。

他看向右側的工人用組合屋。

他看到了站在屋頂上，手拿來福槍對準這裡的槍械對策部隊狙擊手。

擴音器突然發出很大的聲音。

「國光！」

是二瓶的聲音。

「維持雙手舉起的姿勢向前走，如果敢輕舉妄動，我們就會開槍！」

機動隊慢慢向前走。

距離漸漸縮短。

『日岡！』

擴音器中突然傳來齋宮的聲音。

『幹得好！』

現場突然響起了掌聲。

記者和攝影師也都為他鼓掌。

「兄弟，你成為英雄了。」

國光面對前方，身體微微後仰，小聲說道。

鮮血從臉頰流了下來。

偵查員抓住了走在最前面的高地。

井戶和川瀨也立刻被按倒在地制服了。

「抓到了！抓到了！」

四處響起偵查員聲嘶力竭的叫聲。

縣警總部的偵查員拿著手銬跑過來。

「你是國光吧？」

偵查員問話的同時，想為國光銬上手銬。

「等一下——」國光粗聲吼道，瞪著偵查員，「讓駐警幫我銬手銬。」

偵查員的手停在那裡，轉頭看向後方。一課課長不知道什麼時候出現在那裡。

二瓶點了點頭。

「日岡，你為他銬手銬。」

偵查員把頭轉向前方，把手銬遞給日岡。

日岡接過手銬，站在國光面前。

國光雙手併攏，緩緩伸了出來，微微揚起嘴角。

日岡的耳邊響起第一次見到國光的那天夜晚，他所說的話。

——我還有事情要處理，但是，等我搞定之後，一定讓你親手為我銬上手銬。我向你保證。

國光遵守了約定。

日岡握住國光的手腕，為他銬上手銬。

指尖感受著金屬的聲音。

眼前亮起一片閃光燈。

國光走到護送車前，回頭看了日岡一眼。

兄弟——他用眼神叫了日岡一聲。

日岡微微收起下巴，點了點頭。

當他回過神時，發現齋宮已經來到他身旁。

「你還好嗎？」

齋宮探頭看著日岡的臉。

「我沒事。」

日岡用力吸了一口氣回答。

齋宮默默點了點頭，叫他坐上正在待命的救護車。

救護人員跑到日岡面前問：

「你可以走嗎？需不需要擔架？」

日岡搖了搖頭。

「我可以自己走。」

日岡說完，走向救護車。

正當他打算從救護車後方坐上車時，後方有人大聲叫他的名字。

「日岡先生！」

是女人的聲音。

日岡回頭一看。

是祥子。

祥子看到他的鮮血順著臉頰流下來，似乎很緊張。她哭著大叫著什麼。

但是，祥子的聲音被周圍的喧鬧聲淹沒，聽不到她的聲音。

「請趕快上車。」

救護人員催促著。

日岡被推著上了車。

救護車的警笛聲響起。

車子緩緩行駛，從媒體的人牆中擠了出去。

救護車來到縣道上，立刻加速。

警車的警笛聲同時響起。

應該是移送國光等人的警車。

他隔著西裝，摸了摸內側口袋裡的Zippo打火機。

他看向車窗。

車窗上裝了霧玻璃。

日岡注視著看不見的窗戶外。

第五章

《娛樂週刊》平成二年六月十四日號報導

緊急連載

記者山岸晃解讀史上最惡質的幫派火拼　明心戰爭的發展之五

在本稿校對期間，發生了最令人憂心的事。

無辜的民眾死在黑道幫派的槍口下。

遭到槍擊的是位在兵庫縣神戶市旭區的水泥工岸千治先生（56歲）。兩名偽裝成宅配業者的歹徒前往他所住的公寓，岸先生一打開門，歹徒就朝向他連開五槍後逃逸。岸先生的妻子洋子太太（55歲）立刻叫了救護車，但在送往醫院途中不幸死亡。

岸先生所住的公寓在數個月之前，由心和會旗下非直屬幫派的幹部入住，目前認為岸先生應該是遭到誤殺。

警察廳非常重視這起事件，再度下達指示，一定要積極逮捕幫派組長、斷絕幫派資金來源等，不惜用各種手段消滅黑道幫派。

上一期提到的幫派新法引起了各方的關注。

根據筆者的採訪發現，警察廳和法務省的目的，在於希望藉由核准全國跨縣市的廣域主要幫派，用新法加以約束。

只不過也因此引起了爭議，有人認為此舉牴觸了憲法第二十一條第一項所保障的「結社的自由」。

但是不可否認，新法將大幅限制幫派的活動。

幫派的保護費和暴力介入民事的收入將銳減，應該也會有人因此脫離幫派。

雖然幫派新法看似有許多優點，但也有不少問題存在。

那就是幫派將走向黑手黨化和寡占化。既然無法明目張膽行動，幫派只能潛入地下。最後只剩下組織龐大的幫派，缺乏實力的小幫派將逐漸遭到驅逐。

新法也將對負責取締幫派的警察造成影響。之前從某種意義上來說，警察和幫派之間有一種魚幫水，水幫魚的關係，隨著新法的實施，兩者之間將會出現明確界線，警界高層將比之前更加密切注意警察和幫派之間的勾結。

一旦出現這種情況，就會斷絕情報來源，很難掌握幫派內部的真實狀態和狀況。

「想要和黑道打交道，就必須讓自己也變成黑道。」

認為大阪府警資深刑警說的這句話已經落伍當然很容易。但是，為了消滅黑道幫派的法律很可能把幫派推向地下。到底會何去何從？請密切關注今後的發展。

中午過後開始下的這場雨，一直到晚上仍然沒有停。像流沙般的細雨不停地從空中飄落。日岡站在雨中的小巷內，豎起了風衣的領子。雖然是小雨，但晚秋的雨冷進骨子裡。他沒有帶傘，全身已經淋得濕透。雖然躲在從民宅庭院內探出圍牆的樹枝下方，但根本遮不了雨。

位在偏僻角落的這一帶既沒有來往的車輛，也不見行人，四周靜悄悄，只聽到雨滴不規則地打在遠處鐵皮上的聲音。

一陣風吹來，日岡忍不住抱住了雙肩。

他從風衣口袋裡拿出咖啡空罐、香菸和Zippo打火機打發時間。只剩下最後一支菸了。他把菸放在嘴上，用手擋住風點了火。吐出一口煙之後，立刻把香菸前端塞進了空罐內。

在黑暗中，即使微弱的菸火也可能被對方發現。夜晚監視想要抽菸時，必須用空罐遮住香菸的火。

他把香菸抽到底，在空罐邊緣捻熄，丟進了空罐，然後把裝了菸蒂的空罐塞進口袋，目不轉睛地看著前方，一動也不動。

日岡監視的住家在三十公尺前方。雖說是住家，但外觀看起來更像倉庫。不知道是否因為長期風吹雨打的關係，木造房子的木板牆已經變得十分破舊，原本應該是深藍色的鐵皮屋頂也嚴重劣化、生鏽了。

那棟房子只有面對小巷的一樓拉門而已，毛玻璃的內側拉起了厚實的窗簾，所以看不到裡面的情況。二樓的窗戶也一樣。

日岡正在監視近藤修的住處。

昨天晚上，近藤開著自己的車子不知道從哪裡回來之後，把車子停在離家不遠處的空地上，獨自走進家門，之後就沒有任何人出入，窗簾也沒有拉開。天黑之後，亮起了燈光，終於知道裡面有人，否則別人一定以為是空屋。因為屋內完全沒有任何動靜。

近藤是吳原烈心會的成員。烈心會是五十子會的會長五十子正平遭到槍殺之後，由五十子正平手下中輩分最高的橘一行創立的幫派，成員幾乎都是五十子會的成員和加古村組的餘黨。

日岡從口袋裡拿出一包新的菸，打開包裝，抽出一支菸，把香菸前端放進空罐，吐了一口細細的煙。

近藤加入吳原烈心會的時間很短，他有吸食安非他命的前科，曾經坐了兩年牢。半年前刑滿出獄，之後立刻成為烈心會的成員。日岡聽線民說，近藤在監獄內認識了烈心會的成員，因此被拉入幫。

近藤在高中輟學之後，就在朋友的船上打工，但很快就放棄了。他對周圍人說，跑船不適合他，其實他只是不喜歡工作。最好的證明，就是近藤下船之後，就立刻找了一個女人，成為吃軟飯的小白臉。

雖然他的外形並不出色，卻可以女人不斷，不是舌粲蓮花，就是「天賦異稟」。

日岡前天從線民口中得知，近藤又開始吸食安非他命，於是立刻開始監視近藤。

近藤在服刑期間已經戒了毒，卻無法輕易忘記烙在腦細胞中的快感。只要稍微鬆懈，快樂的記憶就會甦醒，近藤無法抵擋那些記憶的誘惑。

很難預料吸毒的人會在什麼時候做出什麼樣的行為，甚至有人神智不清，突然在大街上情緒失控。如果身上有槍，更可能會發生慘劇。到時候不僅當事人會有麻煩，警方也會搜查所屬的幫派。烈心會太需要招兵買馬，所以連這種危險人物也照收不誤。

日岡想起三天前出版的週刊雜誌的報導。

〈深夜路上響起的槍聲——明心戰爭的火種再燃？〉

兩年前——日岡在中津鄉擔任駐警的那年秋天，被認為黑道幫派史上最大的火拼，明石組與心和會之爭在明石組壓倒性的勝利下落幕，誰都認為既然雙方已經握手言和，這場戰爭就算正式落幕了。

假押日岡當作人質，演了一齣戲的國光也這麼想。

國光和他的手下高地、井戶和川瀨確認心和會常任顧問——前北柴組組長北柴兼敏平安無事後，因參與明石組第四代組長武田力也的嫌疑，和犯下挾持人質事件遭到了逮捕。

審判後，國光被判處無期徒刑，其他三人被判處十五年至二十年的有期徒刑，四個人被分發到不同的監獄，目前仍然在服刑中。

在和解的半年後，原本以為已經落幕的明心戰爭出現了死灰復燃的跡象。

在比場郡的群山染上一片櫻花色彩的平成三年（一九九一年）三月二十五日，北柴兼敏被人發現在大阪市區的家中死亡。發現的人是杉山組的成員菅沼智也。

北柴除非外出，否則每天下午兩點都會抄經。在抄經期間，除非有急事，否則連他太太都不會打擾他。但是，那天傍晚六點過後，北柴仍然沒有走出房間，手下菅沼感到奇怪，走進房間內一看，發現北柴已經氣絕身亡。

驗屍後發現死因是服用氰化鉀死亡，死亡時間是從開始抄經的下午兩點到四點期間，警方根據現場沒有發現北柴和他人打鬥的痕跡，斷定是自殺。

在菅沼發現北柴死亡的當天，前心和會旗下的幫眾和全國黑道幫派的人都得知了北柴的死訊。

誰都對北柴的死感到可疑。

和明石組之間的火拼雖然因為和解而落幕，但心和會的幫派損失慘重，心和會旗下的組長幾乎都引退，許多幹部和幫眾都被敵對的明石組旗下的幫派吸收。

只有國光率領的義誠聯合會和上游幫派北柴組沒有投靠明石組，繼續維持組織的獨立。北柴組在明石組的根據地關西處於四面楚歌的狀態。

平成四年（一九九二年）三月一日，實施了暴力幫派對策法，使這種情況更加雪上加霜。明石組等全國二十二個幫派成為官方認可的「指定暴力幫派」，北柴組也是其中之一，針對收取保護費和賭博行為等幫派營生的罰則更加嚴厲，所有幫派都無法再像以前那樣無法無天。到了平成四年十月的今天，北柴組的成員從最顛峰期的約六百名銳減到低於一半的兩百數十名。

國光遭到逮捕之後，北柴經常說，自己要為幫派利益去服刑的人守住歸宿。自己一輩子都是黑道，死到臨頭還是黑道，頑強抵抗警方要求他解散幫派的壓力，所以北柴不可能自殺。就連斷定北柴是自殺身亡的警方內部，也有不少人對他的死亡產生疑問。

北柴的他殺說也甚囂塵上。

最先懷疑的就是明石組旗下武田組的謀殺說。武田組雖然表面上和解，但自己老大被殺的仇恨深入骨子裡，所以即使幫派中有人暗中想要北柴的命也不足為奇。

除此以外，和暴力幫派對策法有關的說法也浮上了檯面。

暴力幫派對策法的實施，並非只有造成北柴組的收入減少，受到最大打擊的無疑是日本最大的幫派明石組，尤其是明石組旗下旁系的幫派更是收入銳減，所以可能有幫派暗殺北柴，將北柴組逼入解散的命運，就可以把北柴組地盤上的收入佔為己有。

雖然媒體得意洋洋地大寫特寫這些陰謀論，但日岡對此抱有疑問。

首要問題是用氰化鉀下毒這種手法不像是黑道所為。

黑道的報復必須採取讓人知道是報復的形式才有價值。如果是武田組所為，一定會用槍殺或是刺殺等一眼就知道是他殺的手法。更何況有好幾名手下住在北柴家中，應該不可能在他們的眼皮底下偷偷溜進北柴的房間下毒。

為了搶奪北柴組的地盤而犯案的說法也有很大的問號。

在國光入獄服刑後，北柴手下輩分最高的杉本昭雄成為北柴組的棟樑。

杉本深得北柴的信賴，也是幫派內的大幹部，國光從年輕時就深受他的照顧。他富有戰鬥力，義誠聯合會也一度是他旗下的幫派。

認為北柴一旦身亡，北柴組就解散的想法實在太天真。

唯一的可能，就是內部有人犯案，這種可能性也說不通。

北柴組的手下都是崇拜北柴而加入幫派，只是或許不至於到國光那種程度，但即使吃了熊心豹子膽，也不可能毒死自己的老大——國光在面會時親口對日岡這麼說。

日岡至今仍然無法忘記國光當時佈滿血絲的雙眼發出的憤怒。

日岡看向近藤家的二樓，努力擺脫國光的眼神。

隔著厚實的窗簾，只能看到屋內亮著燈，但無法看到人在屋內走動的情況。近藤將近一整天都沒有外出，到底在屋內幹什麼？在睡覺？在吃飯？還是沉溺安非他命？

日岡輕輕咂著嘴。

烈心會雖然是小組織，但通常不會讓一看就知道是毒蟲的人加入。顯然是仁正會的反主流派逼迫旗下的各幫派為打仗做好準備。

隨著暴對法的實施，仁正會的內鬥看似有所收斂，但經過陷入泥沼般的內鬥所累積的多年恩怨無法輕易消除。反主流派的急先鋒笹貫一派加入了德山市志麻組的旗下，勢力持續擴大。

日岡把手伸進風衣口袋，正打算再抽一支菸時，忍不住瞪大了眼睛。

雨聲中，已經有點鬆動的門打開了，發出吱吱嘎嘎的聲音。

日岡把後背緊貼著藏身的圍牆上，努力不讓對方發現。

一個男人從屋內走了出來。男人個子高大，即使在黑暗中也可以看到他的一頭金髮。是近藤。

寒冷的夜晚，近藤只穿了一件黑色T恤，也沒有撐傘。他轉動脖子四處張望後，走向停車的空地。

日岡和近藤保持距離後跟了上去，以免被他發現。近藤打開車門，正準備上車時，日岡從背後抓住了他的肩膀。

「嗨，這麼晚了，要去哪裡？」

近藤發出短促的聲音轉過頭，一看到日岡，臉上的肌肉抽搐起來。

「你是四課的……」

日岡在喉嚨深處發出笑容。

「就連剛加入幫派的小鬼也認識我，看來我紅了。」

日岡在兩年前，通過了升任考試，成為巡查部長後，從中津鄉的駐警被調到廣島縣警專門負責黑道幫派相關案子的搜查四課。一方面是因為四課課長齋宮正成拉了他一把，再加上他在解決國光引發的挾持人質事件上立了大功。身為和黑道打交道的刑警也累積了不少經驗，一些資深的刑警都說「你做事的方法和上哥一模一樣，如果不收斂一點，會遭到監察的調查」，為他捏一把冷汗。

近藤瞪著日岡，用力轉動肩膀，甩開了日岡的手。

「當紅的日岡先生找我有什麼事？」

日岡用下巴指了指近藤的車子。

「我想檢查一下你的車子。」

近藤臉色鐵青，移開視線問：

「我為什麼要讓你這麼做？你有搜索令嗎？」

「沒有。」

近藤聽到日岡的回答，開始虛張聲勢。他面對日岡，大聲地說：

「既然你沒有搜索令，那就是希望我配合調查，我可以拒絕你的調查。」

近藤轉過身，抓住了車門。

「我有急事，你不讓開，小心車子撞到你。」

近藤準備坐進車子，日岡從近藤的背後一把抓住他的T恤，用力把他拉了回來。

近藤重心不穩，搖晃了一下，一屁股坐在地上的水窪裡。

「什麼意思！你要幹嘛？」

日岡蹲了下來，一把抓住滿身汗水的近藤胸口，把臉湊到他面前，幾乎可以把呼吸直接噴在他臉上。

「我認為有必要就是有必要，還是說，你車上有什麼見不得人的東西？」

近藤一時說不出話，但隨即虛張聲勢說：

「反正我不同意你檢查我的車子，趕快放開我！如果你再不放開，我去向你的長官投訴。」

日岡甩了他一記耳光。近藤的臉被打得轉到一旁。

近藤的臉頰顫抖，凝視著日岡。日岡又甩了他一巴掌，但這次打的是另一側。

「你想去投訴就去投訴，不過要等我檢查完你的車子再說，如果你敢違抗，我會讓你這張臉不會再有女人敢靠近。」

近藤用力吞著口水。

日岡把近藤推倒在地，上半身伸進車內，仔細檢查車上的每個角落。

方向盤和手套箱之間的空間——原本設置了音響設備的地方空著，雖然使用了和車子內部裝潢相同的材料封住了，但那個部分的表面特別舊，顯然經常觸碰那裡。

日岡打開封住那個部分，果然不出所料，裡面的空洞內放著小塑膠袋和針筒。

日岡把塑膠袋和針筒拿在手上，走向愣在地上的近藤，把東西舉到近藤面前，從懷裡拿出安非他命的試劑。

「我現在就來檢查，如果變成了藍色，這就是安非他命。」

塑膠袋裡的粉末在試管內變成了藍色。

日岡高高在上地瞪著垂頭喪氣的近藤，看了手錶，確認了時間。

「二十一點四十七分，近藤修涉嫌違反安非他命取締法，現依法將你逮捕。」

日岡的話還沒說完，近藤就發出了近似悲鳴的叫聲。

他的尖叫聲響徹雨中的黑夜。

近藤向日岡伸出拳頭。

日岡把臉向旁邊一閃，躲過了他的拳頭，用比近藤的拳頭快一倍的速度打了回去。

近藤跌倒在地，倒在地上的身體微微發抖。不知道是對日岡的恐懼，還是安非他命的毒癮發作了。

日岡硬是把近藤拉了起來，拉到停在近藤車子附近的便衣警車旁，用車上的無線對講機請求支援。

「我是日岡，逮捕了持有安非他命的現行犯，是烈心會的成員，請求支援，地點位在——」

結束通話後，不到十分鐘，轉動著紅色警燈的縣警警車就出現了。

縣警四課的山本副警部和有賀巡查走下車。山本是日岡的直屬上司，年紀比他大一輪。

山本撐起傘，看著無力靠在車上的近藤，一臉很受不了地說：

「之前不是再三告訴你，不要單獨盤查嗎？也不為之後會被律師百般挑剔的別人想一想。」

「我剛好看到可疑車輛，所以就過來盤查一下，當事人也同意了。」

近藤發出怒吼：

「你在說什麼鬼話！我才沒有同意！」

日岡無視近藤的反應，從口袋裡拿出裝了試劑的試管說：

「這就是證據，我猜想驗尿也一定會有反應。」

雖然日岡的搜查走在違法的邊緣，但持有安非他命是事實，可以成為四課的業績。

山本又嘆了一口氣，沒有再多說什麼，看著身旁的下屬說：

「喔喂，把他帶走。」

「是。」有賀回答後，扶著近藤站了起來。

近藤坐上警車時，咬牙切齒地對日岡說：

「你這種人根本不是刑警，是比黑道還不如的惡棍！」

近藤朝地上吐著口水。

「臉上還有刀疤，面相也和黑道兄弟沒什麼兩樣！」

「你夠了沒有！」

近藤還想叫罵，有賀用力把他推進警車後車座。

山本坐在近藤旁邊，關上車門後，稍微打開了車窗說：

「我會在資料上寫，你打這傢伙是正當防衛。」

山本關上車窗後，向坐在駕駛座上的有賀揚了揚下巴，示意他開車。

日岡目送著在雨中消失的警車車尾燈，回想起近藤剛才咬牙切齒說的話。

——你這種人根本不是刑警，是比黑道還不如的惡棍！

他忍不住苦笑。

近藤說的沒錯，和國光結拜後的自己，是名叫刑警的黑道兄弟，和國光一樣，為了達到目的，願意當惡棍的「兇犬」。

左側臉頰一陣麻木般的疼痛，日岡忍不住伸手摸了摸臉頰。那是兩年前，國光在他臉上留下的傷痕，雨天的時候會不時感到疼痛。

他在感受疼痛的同時，想起了祥子哭喪的臉。

在國光引發的那起挾持人質事件解決之後，日岡在城山町的町立醫院住了十天。救護車將他送到醫院時，原本說只需住院一個星期，但因為傷口比想像中更深，醫生擔心感染，為了安全起見，所以延後了出院的時間。

日岡住院第五天，祥子出現在醫院。

日岡插著針，推著點滴架走在走廊上時，看到走廊深處有一張熟悉的面孔。是祥子。不知道她是否在學校放學後直接來醫院，身上穿著制服。

「祥子，妳該不會是來探視我？」

日岡走到祥子面前問，祥子痛苦地皺著眉頭，移開了視線。日岡以為她看到自己半張臉都被紗布包住感到於心不忍，但其實是另有原因。

比起單獨在病房內說話，還是去開放的空間更理想。日岡這麼想之後，帶著祥子一起去了屋頂。

時序已經進入深秋季節，屋頂露台上冷風吹拂，沒有其他人。

日岡坐在生鏽的長椅上，把在商店買的果汁遞給了祥子。祥子在他身旁坐了下來，雙手緊緊握著罐裝果汁低著頭，沒有看日岡一眼。兩人之間陷入了凝重的沉默。

日岡把自己的果汁喝完後，小聲向祥子道歉：

「對不起。」

來到屋頂露台後，祥子第一次抬頭看日岡。

日岡不敢正視祥子的視線，看向前方的那片山。

「我上次也跟妳說了，妳不需要家教了，而且我目前這種狀況，傷勢還需要一些時間才能痊癒。」

那時候，日岡既沒有時間，也沒有心情繼續輔導祥子。最重要的是，他認為自己和黑道兄弟結拜之後，不應該和純潔的祥子之間有任何牽扯。

日岡注視著遠方的山。

「祥子，妳一個人也沒問題。」

「不是！」

祥子突然大叫起來。

日岡驚訝地看著她。

祥子一臉嚴肅地注視著日岡。

「不是……該道歉的是、是我……」

日岡聽不懂她這句話的意思，皺起了眉頭。

祥子再度低下頭，用幾乎聽不到的聲音說：

「是我向警方報案，說高爾夫球場的工地有通緝犯。」

日岡倒吸了一口氣。

從日岡挾持人質的時候開始，日岡就一直在思考到底哪裡走漏了國光等人的消息。

「你們把篤史從河裡救上來時，我隔著他濕掉的襯衫，看到了他背後的刺青，當時就很在意……後來在駐在所看到通緝犯的照片……所以就……」

日岡終於知道國光被人發現的來龍去脈，但祥子發現時，為什麼沒有告訴自己，而是向縣警報案？

祥子也許從日岡注視她的視線中察覺到日岡內心的疑問，在漫長的沉默之後，用顫抖的聲音開口說：

「那個人……」

「那個人？」

日岡忍不住反問。

祥子好像下定決心似地抬起了頭，正視著日岡。

「就是來找你的那個女人。」

日岡想起了晶子。晶子怎麼了嗎？

「她來這裡之後，你就對我很冷淡……還說不再當我的家教……」

日岡想起晶子去駐在所時說的話。

——那個女生喜歡你，絕對錯不了。

祥子一旦說出了口，就滔滔不絕說了起來。

「不光是她，那些被抓走的男人也一樣。自從他們來這裡之後，你就對我愛理不理，我以為如果沒有那些人，那個女人也不會來這裡，你就會一直陪在我身旁，所以我、我……」

淚水從祥子的眼中流了下來。

「沒想到我做的事，害你變成這樣……」

祥子雙手捂住了臉哭了起來，肩膀也不停地顫抖。

日岡陷入了茫然。

這起震驚社會的事件起源並不是幫派的意圖，或是和警方之間的談判籌碼，只是一名少女的嫉妒心嗎？

祥子從長椅上站了起來，沒有看日岡的臉，鞠了一躬說：

「真的很對不起。」

她說完這句話，就跑走了。

日岡獨自坐在那裡，一直抬頭看著天空中飄浮的薄雲。

日岡回到自己車上後，叼了一支菸，用Zippo打火機點了火。

耳朵深處響起了近藤的聲音。

——臉上還有刀疤，面相也和黑道兄弟沒什麼兩樣！

當初醫院的醫生說，時間久了就會慢慢淡化，但傷痕不可能完全消失。對日岡來說，臉上的傷痕就是身為刑警，卻和黑道兄弟結拜留下的印記。

當他在車上的菸灰缸裡把香菸捺熄時，無線對講機響起。是有賀。有賀把近藤尿液檢查的結果告訴了日岡。

『日岡哥，你說的沒錯，的確有反應，會以持有和使用安非他命的罪嫌把他移送檢方。請說。』

日岡補充說：

「再送他一個妨礙公務執行。」

日岡可以感覺到有賀在對講機的另一端說不出話，隔了一會兒，有賀委婉地說：

『我知道這麼說對前輩很失禮，但還是想說一下。我覺得這種方式最好下不為例……』

有賀的聲音中並沒有像山本那樣的敵意。有賀是在四課內，少數崇拜日岡的刑警，所以發自內心擔心日岡可能因為非法搜查遭到處罰。

『如果連續發生這種事，齋宮課長應該也沒辦法一直袒護下去……』

日岡在內心笑了笑。

縣警內部的人都以為搜查四課的課長齋宮特別關照日岡。

當初的確是齋宮把日岡從縣北的駐在所調回縣警搜查四課這個熱門的部門，但日岡認為並不是因為對自己特別關照，而是無法忽略自己捨身解決挾持人質事件的功勞。

齋宮對日岡的非法搜查睜一隻眼，閉一隻眼，也並不是基於袒護，而是擔心日岡掌握的縣警內部的醜聞——大上留下的筆記本內容曝光。齋宮應該很希望拉攏日岡，把潘朵拉的盒子佔為己有。

有賀似乎以為日岡的沉默代表憤怒，立刻向他道了歉：

『對不起，我太多嘴了，請你忘了我剛才說的話。』

日岡看著車窗外，雨還在下。

「沒關係，我知道你的心意。」

有賀再次道歉後，結束了通話。

日岡把無線機放回去之後，深深靠在座椅上。

他在腦海中回想著有賀的話，他也認為最好不要再用這種方式辦案，只不過日岡這麼想的理由和有賀的意圖不同。

為了減少幫派的士兵，逮捕近藤這種小混混只是應急的措施，想要終結仁正會的內鬥，就必須逮捕笹貫，瓦解反主流派。當務之急就是必須掌握能夠逮捕笹貫的材料。

除此以外——日岡還必須抓緊時間做另一件事。

必須查明前北柴組組長北柴兼敏的死亡真相。

日岡注視著雨滴滴落的擋風玻璃前方，國光的臉浮現在黑暗中。

北柴死亡的一個月後，日岡前往北海道旭川。因為他從一之瀨口中得知，國光在旭川監獄服刑，而且很想和日岡見面。於是，日岡等到下一個休假日，立刻搭機前往旭川。

旭川監獄佇立在突哨山前，周圍是一片農地。

辦理完面會手續，前往等候室。在管理員來叫他之後，走進了面會室。不一會兒，國光就跟著監獄管理員走了進來。國光的光頭和穿著沒有口袋的監獄服，讓日岡不得不面對國光是受刑人的事實。

然而，日岡更在意的是國光憔悴的臉。他應該沒有好好吃三餐，氣色很差，臉頰都凹了下去，只有雙眼露出異樣的銳利眼神。

國光靜靜地坐了下來，用平靜的聲音對他說：

「不好意思，讓你大老遠來這裡。」

國光在鑿了洞的壓克力板另一端微微低下頭。

日岡收起下巴，向他點了點頭，立刻問了重點。

「你找我來，是為了老爺子墳墓的事嗎？」

國光淡淡地笑了笑。

「不愧是兄弟，真是太聰明了。」

果然——國光是為了北柴的事找上自己。

自己的老大不可能自殺。國光的這種想法一定比任何人更強烈。

國光不知道是在自由時間從電視新聞中得知了北柴的死訊，還是心和會透過某種方式通知了他。總之，國光很快就知道了北柴的死訊，然後希望和日岡見面。

國光在說話時很注意措詞。

「我有一事相託，就是老大的墳墓。聽說有鳥在墳墓上拉屎，想到這麼重要的墓被弄髒，就坐立難安。」

國光用力探出身體，壓低聲音說：

「可不可以幫我查一下是哪隻鳥？」

日岡垂下的雙眼看向國光，國光的眼中充滿殺氣。

「目前大致猜到是哪一片樹林，只是不知道鳥的名字。」

樹林是指幫派，鳥的名字是指個人。

國光握在身體前方的拳頭很用力。

「不把鳥屎清乾淨，老大沒辦法成佛。我知道這件事很麻煩，但拜託你了。」

國光垂下腦袋拜託道。

日岡用力點了點頭。

既然是結拜的兄弟拜託，當然不能拒絕。

監獄管理員看了手錶說：

「時間到了。」

國光從椅子上站了起來，用眼神向日岡叮嚀「拜託了」，然後走出了面會室。

日岡發動了車子的引擎。

和國光第一次面會至今已經一年半，他四處奔走，追查殺害北柴的兇手，但仍然無法掌握到任何消息。

日岡對北柴遇害這件事有很大的疑問。

因為不像是黑道殺人的手法。

兇手如何從住在北柴家的年輕人眼皮底下溜進去？

北柴組很團結，難以想像是內部有人犯案。

到底是誰，基於什麼目的殺害北柴？

兵庫縣警為什麼急忙認定是自殺？

日岡打開雨刷。

擋風玻璃的水滴刷乾淨後，視野一下子變得清晰。

——我知道這件事很麻煩，但拜託你了。

國光一年半前說話的聲音清楚地在耳邊響起。

日岡打開了車燈。

——兄弟，你等著，無論花多少年的時間，我一定會幫你找到殺害你老大的兇手。

日岡用力握著方向盤，踩下了油門。

日岡在神戶三宮車站下了電車後，立刻四處張望。

雖然是非假日的下午，但看到許多年輕男女。不知道是來觀光，還是來這裡為即將到來的聖誕節買禮物。

日岡用手指推了推滑到鼻尖、用來喬裝的眼鏡。他走出車站，走向元町的方向。

他假裝在打量舊居留地馬路兩側的大樓，觀察是否遭到了跟蹤。

沒有人跟蹤。

他立刻前往南京町。他之所以沒有在離南京町最近的元町車站下車，就是為了萬一遭到跟蹤，可以順利甩掉。

為了謹慎起見，他在一棟具有歷史的洋房前停下腳步，從懷裡拿出香菸，用Zippo打火機點了火。在吐煙的時候，不經意地觀察了四周。

身後的行人完全沒有多看日岡這個身穿髒風衣的男人一眼，從他面前走了過去，也沒有察覺到盯著自己的視線。

他把菸丟在地上，用鞋尖踩熄了。

來到南京町後，他離開大馬路，走進了小巷。

任何事的表裡都大不相同。

這一帶的大馬路上有許多年輕人喜歡的潮店，小巷內則是散發出落魄的老城區景象，有一整排掛了好幾塊被太陽曬得褪色看板的住商大樓。

日岡走在小巷內，在成為記號的那棟黃色牆壁的大樓前右轉，走進第三棟大樓。大樓的入口很狹窄，只能勉強容納一個人經過。他走進大樓深處，努力避免肩膀擦到牆壁。他要找的那家店就在通道盡頭，燈箱看板放在老舊的木門旁。

「咖啡店　朱庇特」

——沒錯，就是他指定的店。

一看手錶。下午兩點。剛好是約定的時間。

他推門而入，吧檯角落的老人瞥了日岡一眼。

「歡迎光臨。」

老人打招呼時一點都不親切，反而好像感到很困擾。他似乎是這家咖啡店的老闆。

日岡說出了事先約定的暗號。

「請問有粗磨的巴西咖啡粉嗎？」

看起來像是老闆的男人打量著日岡，似乎在掂他的份量，然後用下巴指了指店後方。

「沿著那裡的樓梯下樓，最後面那張桌子。」

日岡經過老闆前，沿著店後方的樓梯下樓。

不知道曾經有多少人走下這個樓梯。原本應該是淺色的木板因為汙垢和摩擦變成了鐵鏽色，發出吱吱嘎嘎的擠壓聲。

半地下的空間內有四個包厢座位，桌子和桌子之間放了綠色植物擋住視線。沒有窗戶的房間令人聯想到祕密房間。

老闆說的沒錯，一個男人坐在最後方的包厢座位。

那個男人穿著深色西裝，雖然室內昏暗，但他仍然戴著太陽眼鏡，看起來像黑道兄弟。

日岡走到那張桌子旁，站在他面前低頭看著他問：

「請問是千手先生嗎？」

正在看週刊雜誌的男人抬起頭看著日岡，從頭到腳打量了一番後反問他：

「你有沒有訂粗磨的巴西咖啡粉？」

「不，我訂的是細磨的瓜地馬拉。」

雙方說完一連串的暗號之後，男人粗暴地把雜誌丟在沙發上，伸出手指，示意日岡在對面坐下。

日岡脫下風衣，聽從他的指示坐了下來。

「要抽嗎？」

男人把桌上的菸盒推到日岡面前。

那是以雪茄出名的Cohiba的香菸。

日岡當作是接受對方為自己斟酒，從盒子裡拿了一支。

日岡第一次抽這種菸，感覺味道很濃烈。眼前的男人似乎習以為常，一臉陶醉地噴雲吐霧。眼前這個男人名叫千手光隆，既被稱為兵庫縣警內的邪惡刑警，又是縣警四課內頭號消息通。

日岡調查後發現，雖然他手上有許多線民，但從來不為警方辦事，千手只為錢辦事。聽說他就像日岡的前上司一樣，手上掌握了許多有關縣警內部的醜聞，所以即使他這麼無法無天，卻沒有被調去偏僻的地方。

老闆送來了雖然有咖啡味，但一看就知道是便宜貨的咖啡。日岡喝著咖啡，觀察著千手。聽說他年約四十五、六歲，但渾身贅肉，走樣的體型看起來和六十多歲的人差不多。他的臉上有很多褐色斑點，不知道是因為抽太多菸造成的，還是只是體質的關係。

抽了一陣子菸後，千手開口問：

「對了，廣島縣警的鯉魚……不對，是明日之星找我有什麼事？」

他應該想到了廣島東洋鯉魚隊，所以說了這個冷笑話，日岡微微揚起嘴角，但立刻恢復了嚴肅的表情。

接下來要說的話，絕對不能讓任何人聽到。

日岡用眼角掃向樓梯，確認沒有其他客人進來。

千手從日岡的視線中察覺到他很警覺，露出被菸燻黃的牙齒笑了笑說：

「你放心吧，老闆會在樓上擋住其他客人，不會有人來這裡。對了對了，我有言在先，老闆的小費要你付。因為你來這裡，給這家店添了麻煩，這是理所當然的事。」

日岡從上衣內側口袋裡拿出皮夾，把一張萬圓紙鈔放在桌上。

也許是比千手想像中多，他似乎覺得日岡出手很大方，所以臉上露出了俗氣的笑容。

「瀧田給我看你的照片時，我覺得你長得挺不錯的，沒想到為人也很慷慨。趁熱把咖啡喝了，要不要加糖？還有奶精？原來喝黑咖啡啊，年紀輕輕就這麼酷啊。」

千手說完，在咖啡裡加了足以得糖尿病的大量砂糖。

一個月前，小料理屋志乃的老闆娘晶子打電話給日岡。

日岡在外面吃完飯回到家，手機在懷裡震動。

『阿秀，現在方便嗎？』

晶子問。日岡看了一下手錶，已經快半夜十二點了。晶子應該一打烊，就立刻打電話給他。

「沒問題，我在家裡。」

『剛才阿守來店裡，他要我轉告你。』

日岡脫上衣的手停在那裡。

「一之瀨先生說了什麼？」

『他說那件事應該搞定了，還說只要這麼說，你就懂了。』

日岡聽到晶子這麼說，用力握緊了手機。

日岡之前拜託一之瀨一件和瀧田正剛有關的事。

瀧田是總部在姬路市的正剛會會長，正剛會是有三十名成員的幫派，規模很小，所以並不是官方認可的「指定暴力幫派」，但會長瀧田和明石組直屬幫派山里組的太子藤澤卓司結拜為兄弟，所以沒有人敢隨便惹他們。因為一旦對瀧田的幫派動手，等於與山里組，進而和明石組為敵。

日岡在調查北柴死亡真相時，得知有一個姓千手的刑警和黑道幫派之間是水幫魚，魚幫水的交情。千手會將警察內部準備上門搜索的消息透露給幫派，然後從幫派手上接受大量金額賄賂。

日岡的線民告訴他，和千手關係最密切的就是瀧田。

一之瀨擔任組長的第二代尾谷組原本就和明石組走得很近，雖然目前加入了仁正會，但聽說曾經和山里組的太子藤澤多次見面。順著一之瀨的關係，有可能和瀧田取得聯絡。

為了避免留下通話記錄，日岡用公用電話撥打了一之瀨的手機。

當一之瀨接起電話時，日岡拜託他透過瀧田安排他和千手見面，一之瀨訝異地問：

『不需要這麼大費周章，你可以直接聯絡那個刑警啊。如果不行，可以透過其他同事的關係，這樣不是更簡單嗎？』

一之瀨的話很有道理，但日岡並沒有這麼做。因為日岡想要從千手那裡瞭解的消息是警方絕對不能碰觸的問題。

警方必須堅持北柴的死是自殺，否則就會引起幫派之間的火拼。

一旦被警界高層得知日岡對北柴的死產生質疑，這次也許不只是被調去縣北的駐在所而已，搞不好會以莫須有的罪名，對他做出懲戒免職處分，所以他必須小心行事。

日岡並沒有告訴一之瀨不想透過縣警的理由，直接提出了交易。

「我會為你和瀧田先生準備謝禮，一條可以嗎？」

光是居中牽線就有一百萬，這算是破格的謝禮行情。

珠寶、汽車、消息，想要貨真價實的東西，就需要花錢。這是以前的上司大上說的話。

自從調離吳原東分局後，日岡就開始存錢，以便在關鍵時刻，可以買到貨真價實的消息。

在駐在所勤務期間根本沒有地方花錢，再加上之前在東分局時代存的錢，他有七百萬存款。

現在正是動用那些錢的時候。

一之瀨遲疑了一下後回答說：

『我也會欠各方的人情，所以給瀧口的一條我就收下了，但不必給我謝禮，我也受你很多照顧。』

一之瀨說完，壓低聲音說：

『我不會問你想要打聽什麼，而且你也不會告訴我，即使我知道了，也沒辦法採取行動，但無論如何，你都要小心。』

一之瀨最後說，等事情有眉目之後，會透過晶子和他聯絡，然後就掛上了電話。

千手又點了一支新的菸，對著天花板吐出一大口煙。

兩個月前，日岡請一之瀨透過瀧田，安排和千手見面。一個月前，接到了晶子的電話，然後又隔了一個月，才終於見到千手。

千手傲慢的態度，會讓人以為他個性不拘小節，但其實他行事非常小心謹慎，也透過女人聯絡日岡。見面的日期和時間改了三次。如果不這麼小心謹慎，恐怕就無法在危險中求生存。

千手轉動了一下脖子，似乎在放鬆肩膀，終於進入了正題。

「你找我有什麼事？」

日岡坦率地回答說：

「我想知道北柴組長服毒身亡這件事的相關消息。」

即使隔著深色墨鏡，也可以發現千手露出銳利的眼神。

千手注視著日岡片刻，然後仰頭看著天花板，用輕鬆的口吻說：

「那個案子不是由我負責，你是不是找錯人了。」

日岡吸了一口氣，並沒有輕言放棄。

「我聽說你有各種消息管道，是兵庫縣警內消息最靈通的人——」

千手嘴角上揚，皮笑肉不笑地說：

「即使我知道，憑什麼告訴你呢？」

「我不會要求你免費告訴我。」

「我有言在先。」

千手拿下墨鏡，用力瞪著日岡說：

「我的消息都很貴。」

他的聲音低沉，好像在威嚇。

「這我也聽說了。」

日岡正面接受了千手的挑戰。

「老闆！」

千手對著樓梯上方大聲叫著。

「加點咖啡，不要便宜的咖啡豆，藍山的，熱咖啡，不要半溫不熱的。」

千手看著日岡問：

「你呢？」

「綜合咖啡。」

「再一杯綜合！」

千手再次大聲點了第二杯。

咖啡送上來，老闆上樓之後，一度陷入沉默的千手開了口。

「你想知道什麼？」

日岡從懷裡拿出Hi-lite和打火機。

千手也叼了一支新的菸。

日岡用雕刻著狼圖騰的Zippo為千手點了菸之後，也點燃了自己的Hi-lite。兩個人都對著低矮的天花板吐出大量的煙。

千手似乎對日岡遲遲沒有提出要求感到焦躁，不耐煩地咂著嘴。

「你想知道什麼？」

千手又問了和剛才相同的話。

日岡重重吐了一口氣，小聲地回答說：

「我想知道殺了北柴組長的兇手。」

正在抽菸的千手把手停在半空。

兩人陷入了沉默。

千手先打破了沉默。他看著日岡的眼睛說。

「你說話真有趣，那是自殺。」

他手上的菸灰快掉了。

日岡把放在兩個人中間的菸灰缸推到千手面前。

「兵庫縣警能夠接受這樣的結論嗎？」

「不管是接受還是接生，除了自殺，不可能有其他結論——」

千手用手指彈了彈香菸，把灰彈進菸灰缸後，再度皮笑肉不笑地說：

「——這是高層的看法。」

「既然你說是高層的看法，是否意味著你有不同的見解？」

「你說呢？」

千手在菸灰缸內把菸捺熄後，再度戴起墨鏡，身體用力倒在椅子上。

「如果北柴自殺，應該會用手槍。把槍口對準這裡——」

千手把右手的手指對準了自己的太陽穴。

「只要扣下扳機就搞定了，會去做服毒這麼麻煩的事嗎？更何況他根本就不可能自殺。」

日岡點頭表示同意。

「我也這麼認為，所以才會和你見面。」

千手的雙眼從墨鏡後方注視著日岡，進入了好像在下圍棋或將棋時的長考。

不知道千手是否決定了下一步棋，他仰頭看著天花板，小聲地嘀咕說：

「五十萬。」

低頭看著桌子的日岡抬起了頭。

千手轉頭看向日岡，一隻手的手肘架在桌子上，探出身體說：

「這不是情報費，只是訂金而已，就像律師也要收委託費一樣。我有言在先，當然要現金，我無論在工作和女人的問題上都不喜歡有任何後患。」

日岡為了以防萬一，帶了銀行的存款簿和印章。

他早就預料到和千手做交易，一定需要一大筆錢。提款卡每天領取的現金有額度限制，交易時需要的現金有可能超過額度，所以他事先做好了臨櫃提款的準備。

用提款卡一次就可以領出五十萬。來這裡的途中，有日岡存款銀行的神戶分行。

「可以請你等十分鐘嗎？」

千手露齒一笑說：

「好，那就這麼辦。」

日岡站了起來。

如果千手最後無法提供有力的情報，付給瀧田的一百萬和給千手的訂金總共一百五十萬就等於丟進水裡。日岡覺得即使這樣也無妨，這個世界上並非事事都能順利，相反的情況反而更多。如果千手這條路行不通，就只能再重新開始。

千手可能猜到了日岡的想法，當他走上樓梯時說：

「我在這家店做的交易通常都很順利，這也是理所當然的事，因為既有神，又有菩薩，簡直是最佳搭檔。」

這家咖啡店名是神話中的朱庇特神，他的姓氏是千手觀音的千手——原來如此，說得好。日岡今天第一次覺得千手的玩笑很有意思。

此刻的日岡甚至願意相信這種迷信。

臘月的北方應該已經天寒地凍。自己在這裡奔走的時候，國光也在旭川的監獄默默等待查明殺害自己老大的兇手。不管是菩薩、魔鬼、惡魔都無妨，只要能夠知道殺害北柴的兇手就好。

日岡走上樓梯後，對老闆說了聲「我馬上回來」，走出了咖啡店。

第二次見到千手是在一個星期後。

也許是日岡那天當場付了五十萬，贏得了千手的信任，第二次見面時，雖然由千手決定地點，但由日岡指定了日期和時間。因為那天他休假。千手很乾脆地接受了日岡的提議。

日岡在一個星期前相同的座位上坐了下來。

已經先到的千手把手上的報紙放在一旁，隔著墨鏡看著日岡問：

「生意怎麼樣？」

日岡從帶來的公事包裡拿出信封放在桌子上。

千手舔了舔右手大拇指，打開了信封。

信封裡塞滿了帶著封條的萬圓大鈔。這是千手要求的情報費。

千手得意地笑著說：

「聽說時下的年輕警察都沒什麼錢，看來你不一樣。」

老闆送來兩杯咖啡。

千手把裝了錢的信封隨手塞進上衣口袋。

半地下的空間只剩下他們兩個人時，千手摘下了墨鏡。

「你知道北柴每天要做什麼事嗎？」

「我記得是抄經。」

「嗯，」千手發出佩服的聲音，「報紙和電視上都沒有提到死者每天必做的事。既然你知道這件事，可見你的消息管道也很靈光。」

日岡得知北柴死訊的隔天，就聯絡了一之瀨。他認為北柴不可能自殺，所以打算向一之瀨瞭解情況。一之瀨和日岡一樣，也認為他殺的可能性相當高。在那次聊天時，得知了北柴每天必做的事。

千手用咖啡潤了潤喉，繼續說了下去。

「那一天，北柴也和往常一樣，在家中的書房抄經。北柴愛喝咖啡，讓手下把咖啡送進書房後，就獨自關在房間內抄經。但已經過了平時抄完經的時間，北柴也沒有走出書房，於是手下就去察看，發現北柴已經死了——這些情況你都已經知道了吧。」

日岡看著千手點了點頭。

「手下送進書房的咖啡杯中，發現了北柴服毒的氰化鉀，警方當然調查了咖啡杯、杯盤和茶匙上的指紋，結果發現了有趣的事。」

日岡看著千手，催促他繼續說下去。

「是杉本的指紋。」

千手的嘴裡說出了意想不到的名字，日岡忍不住問：

「杉本？就是手下的兄弟中輩分最高的杉本昭雄嗎？」

「對啊。」

千手說，北柴死的那一天，由杉本組的人負責守在他家。包括杉本在內的四名杉本組的成員守在北柴家。

千手伸手拿了放在桌上的香菸。

「在北柴喝咖啡的杯子和茶匙上，都發現了杉本的指紋。」

「這件事哪裡有趣？」

「你倒是想一想，杉本是組長，怎麼可能親自泡咖啡？這是手下做的事。」

日岡說不出話，然後費力地擠出幾個字。

「難道——」

日岡探出身體，繼續說了下去。

「太子國光目前在入獄服刑，杉本在北柴組內不是位居第二嗎？」

千手不以為然地冷笑一聲。

「無論在哪一個行業，不是經常聽到老二趁老大不備時下毒手嗎？」

千手說的沒錯，無論在任何行業，都經常發生上司被信任的下屬背叛的事，只不過日岡猜不透杉本的動機。之前並沒有聽說北柴組內部有分裂的情況。

「假設——」日岡還無法確定這件事，「假設杉本殺了北柴，動機是什麼？」

「誰知道呢？」千手誇張地偏著頭，「自從暴對法實施之後，那些兄弟的日子也不好過，每個幫派的收入都銳減。明石組的徽章應該比北柴組的徽章更容易賺到錢吧。」

「杉本為了回到明石組，殺了自己的老大嗎？」

日岡逼問道，千手搪塞道：

「我只是把我調查到的情報告訴你，至於你聽了之後怎麼想，就不關我的事了。但是，我認為就是杉本。反正你等著看吧，等風頭過了之後，杉本就會和明石組的某個幹部結拜，雙方重修舊好。」

「你憑哪一點這麼斷言？」

千手把抽完的菸在菸灰缸內捺熄後，又從桌上的菸盒裡抽出一支菸，叼在嘴上。

「送咖啡去北柴書房的手下在出事之後失蹤了，八成被沉入海底了。」

日岡在桌子底下握緊了拳頭。

「既然已經掌握了這麼多情況，兵庫縣警為什麼沒有展開搜查？」

千手點了菸，對著日岡吐了一口煙。

「你認為這起案子能夠憑這種間接證據成立嗎？根本沒辦法送上法庭。更何況——」

千手在喉嚨深處發出呵呵的笑聲。

「死了一個黑道兄弟不是好事嗎？而且是大哥死了，從熄滅明心戰爭的火種這個角度來看，警察廳很樂於看到北柴死了。」

千手把抽了一半的香菸在菸灰缸內捺熄之後站了起來。

「那個手下失蹤的事，是基於同業的立場優惠提供給你。」

千手走到日岡身旁時停下腳步，用好像臨時想到的語氣問：

「你是受仁正會一之瀨的委託在調查這件事嗎？」

日岡斜眼看著千手。

千手露出銳利的眼神低頭看著日岡。

「我會事先調查交易對象，你之前在吳原的四課吧？應該不會不認識一之瀨吧？」

千手彎下腰，和日岡的視線保持相同的高度。

「一之瀨和國光是拜把兄弟，國光被判無期徒刑在旭川服刑，無法親自調查這件事，所以拜託一之瀨調查誰殺了北柴。只不過一之瀨也不能輕舉妄動，因為只要稍有閃失，可能會發生火拼，於是就透過你。這是我的看法，沒錯吧？」

雖然千手做了不少知法犯法的事，但也沒想到有刑警和黑道分子成為結拜兄弟。

日岡無視千手的問題，喝著眼前的咖啡。

千手挺直了身體，輕輕拍了拍放了錢的口袋。

「你的事不重要，我只要能拿到錢就好。」

他把臉湊近日岡，在日岡的耳邊小聲地說：

「下次有什麼事，隨時來找我。我很歡迎付錢爽快的人。」

千手哼著歌，走上樓梯。日岡一口氣喝完了剩下的咖啡。

日岡走出朱庇特後，走向新神戶車站。

他在新幹線的月台上等待下行的希望號新幹線。

乘客在自由座車廂停靠的位置大排長龍。

兩名少女站在日岡前面，不知道是否遇到了什麼有趣的事，開心地聊著天。她們手上拿著紙袋，上面印了「聖誕快樂」的文字。日岡這才想到聖誕節快到了。

日岡的視線從兩名興奮談笑的少女身上移開，把雙手放進風衣口袋，看著自己的腳尖。

耳朵深處響起了千手說的話。

——死了一個黑道兄弟不是好事嗎？

國光被日岡逮捕後，在法庭上，檢方求處死刑。

日岡透過關係，拿到了當時的法庭記錄，仔細閱讀了記錄上的每一個字。

被告是主謀這件事很明確，再加上周到的計畫性和殘虐性，為社會帶來的不安和恐懼罄竹難書，所以檢察官在總結發言時求處死刑。國光在陳述意見時說。

——殺害武田等明石組幹部的行為，是身為黑道兄弟非做不可的事，所以我只是做了理所當然的事。這種想法至今仍然沒有改變，只是對社會帶來了恐慌和不安感到很抱歉，同時也祈禱死去的那些人靈魂能夠得到安息。

接著，國光為和自己一起遭到逮捕的高地、井戶和川瀨向法官請求寬大處理。

——他們三個人只是聽從我的命令，所有的責任都在我身上，請法官對他們寬大處理。

當法官問他如何看待檢察官求處死刑這件事，他的回答很簡短。

——我會接受任何判決，事到如今，我不會做出乞求活命這種無恥的行為。

法官對國光做出了無期徒刑的判決。

雖然辯方和檢方都提出了上訴，但二審仍然沒有改變判決，案子送到最高法院後，確定國光被判無期徒刑。

審判記錄中，有一句話深深烙在日岡的內容。

那是當法官問國光如何看待自己犯下的罪行時，國光說的話。國光對於在一連串火拼中送命的人，表達將為他們靈魂得到安息祈禱後，說了這句話。

——這就是仁義。

仁義和正義。雖然只差一個字，但意思大不相同。

如果問國光的行為是不是正義，答案當然是否定的。無論在任何情況下，都不能奪走他人的生命，當然不能接受這種行為。但是，如果問是不是仁義，就只能點頭。這就是黑道兄弟的規矩。

一旦發生火拼，即使彼此之間沒有私人恩怨，也要衝上去要對方的命。

但是，當對方死了之後，會祈禱他的靈魂得到安息。

一旦成為黑道兄弟，你殺我砍就變成理所當然——其中不允許摻雜人情。

這就是國光想要表達的意見。

日岡腦海中浮現國光站在證人席上的身影。

他銳利的眼神一定注視前方，用略微沙啞的聲音，靜靜地，但語氣沉重地表達自己的意見。

日岡的雙眼從腳下移向天空。

冬日向晚的天空籠罩著深灰色的雲。不知道北國的天空是什麼顏色？

日岡皺著眉頭，看著沉重的天空。

國光得知殺害北柴的是幫內的杉本，不知道會怎麼做。

國光可能——不，國光絕對會試圖殺了杉本，也許會派義誠聯合會攻打杉本組，甚至攻打明石組總部。

——兄弟。

月台上傳來新幹線已經進站的廣播，希望號緩緩滑進月台。

列車進站帶來一陣強風，站在前面的少女尖聲叫著抱住自己的身體。

日岡克制著想立刻前往旭川的心情，搭上了回廣島的新幹線。

第六章

《娛樂週刊》平成五年（一九九三年）三月二十五日號報導

震撼關西黑道！前心和會旗下北柴組最高幹部離奇死亡

隨著心和會的瓦解，明心戰爭看似終結，但最近又出現了不平靜的跡象。

繼兩年前發生前心和會顧問北柴兼敏組長服毒身亡後，近日在停車場的一輛廢棄車輛行李箱內，發現了北柴手下輩分最高，也同時是最高幹部的杉本昭雄慘死的屍體。

引起警方注意的是，屍體上有生前遭到凄慘凌虐的痕跡，而且好像故意丟在停車場示眾。

兵庫縣警的資深四課刑警不解地說：

「從手法上來看，應該是殺手所為，但又不像是黑道的手法。黑道兄弟會一槍斃命，更何況現在神戶那些人根本不可能追殺北柴組的人，因為即使之前火拼的時候，也沒有對北柴組出手。」

心和會會長淺生直巳已經引退，也同時解散了幫派，換來活命的機會。如果再度火拼，等於讓仲裁人蒙羞，這是黑道社會的禁忌。

「更何況，」這名資深刑警說：「熊谷能夠成為第五代組長也是託國光的福。如果國光沒有幹掉武田，是否能夠輪到熊谷坐上第五代的椅子，很令人懷疑，所以熊谷在內心應該很感激國光吧。」

既然這樣，杉本為什麼遭到殺害，又是誰殺害了杉本？

「道上有許多關於杉本的負面傳聞。」

明石組旗下幫派的幹部說。

「像是毒品的糾紛或是債務糾紛，也許是因為這個原因。」

但明石組的一名最高幹部這麼告訴筆者。

「北柴組組長北柴的死也很離奇，原本聽說北柴組都很團結，但也許事實並非如此。」

這名最高幹部繼續說道：

「如果那是黑道的報復，應該就只有大輝。」

大輝是遭到暗殺的武田力也的親弟弟武田大輝。

武田力也遭到暗殺當時，武田組是總共擁有將近兩千名幫眾的龐大組織。

而且大輝在之後的明心戰爭中立下了許多戰功。

第一個取下心和會旗下幫派幹部首級的就是武田組，殺敵最多的也是武田組。

然而，武田大輝後來在明石組內漸漸遭到孤立，主張殺了淺生的大輝，和努力用政治方式解決的明石組執行部之間產生了嫌隙。

在第五代體制上路的同時，大輝和明石組反目，自始至終想要暗殺淺生。

明石組執行部認為大輝的行為將讓幫派臉上無光，於是轉而將武田組視為眼中釘，展開了殲滅戰。多次向武田組旗下幫派辦公室開槍，或是開大貨車衝撞、挖走幫眾——曾經傲稱有兩千名成員的最強軍團武田組也像梳子掉齒般，幫眾漸漸離去，最後只剩下顛峰時期百分之一的戰力。

「不為老大報仇，還算什麼黑道！」

大輝雖然一直把這句話掛在嘴上，但面對明石組的輪番攻擊完全沒有反擊。他曾經對身邊的人說，無法向自己哥哥擔任第四代組長的幫派開槍。

「他是紅螞蟻，一旦決定動手，誰也攔不住他。」

紅螞蟻是播州方言，代表狠角色的意思。

希望北柴組長和幹部的死，不會成為新的火拼事件的火種。

記者　山岸晃

日岡仰頭喝完了自己倒的酒。

同樣是廣島的酒，在「志乃」這裡喝，就特別有滋味。不知道是因為下酒菜特別好吃，還是因為對這家店很熟悉，精神可以徹底放鬆的關係。

正在做燉菜的晶子發現日岡在自己倒酒，慌忙從吧檯內伸手拿酒盅說：

「不好意思，我都沒注意到。」

「沒關係，我自己來。」

日岡想要把酒盅拿開，但晶子已經搶先拿起了酒盅，然後把在燙酒壺內燙過的酒倒進酒盅。

「你可別成為習慣自己倒酒喝的人。」

「為什麼？」

「因為有百害無一利。」

「但我聽說這樣可以迷倒女人啊。」

晶子噗哧一聲笑了起來，把裝滿酒的酒盅遞給日岡。

「你是聽誰說的？只有寂寞的女人會被習慣自己倒酒喝的男人吸引。即使和這樣的女人在一起，也不會有什麼好事發生。而且——」

晶子為日岡的酒杯中倒了酒之後，把酒盅放在吧檯上轉過身。

「習慣自己倒酒喝的男人都死得很慘。」

日岡在酒杯中看到了大上的臉龐。他注視片刻，一口氣喝完了。

「對了——」

晶子從吧檯後方的櫃子裡拿出盤子時問：

「國光先生那裡的兩週年忌日法事怎麼樣？順利結束了嗎？」
國光率領的義誠聯合會所屬的北柴組組長北柴兼敏去世已經兩週年。
在接到北柴死訊的那一天，也和今天一樣，吹著夾帶著黃沙的冷風。
北柴的兩週年忌日法事在住家所在的神戶菩提寺舉行，雖然是兄弟的老大，但身為警察的自己不方便參加，所以日岡並沒有去。
日岡聽了晶子的問題後點了點頭。
「是啊，我兄弟國光應該也鬆了一口氣。」
晶子是少數知道日岡和國光結拜的人之一。
「是不是有很多人參加？」
日岡想了一下之後搖了搖頭。
「我聽說只有一小部分自己人參加而已。」
所謂「自己人」是指老大的太太和直屬的組長。
「是喔。」
晶子輕輕點了點頭，似乎表示認同。
「這樣比較好，即使一大堆有口無心的人來參加，也只是徒增空虛而已。法事這種場合，只要真正懷念故人的人參加就好，故人也會感到欣慰。」

日岡既沒有同意，也沒有否定，默默把酒杯舉到嘴邊。

當他喝完酒盅裡的酒時，店門打開了。

「歡迎光臨。」

晶子招呼道。

日岡仍然低著頭，看向身後的門口。

夜晚帶著灰塵的風吹進門內，一個男人走了進來。

是立花吾一。個子很高大——他是義誠聯合會的太子，也是國光最信任的手下。

日岡看了一眼手錶。晚上九點。和約定的時間分秒不差。

立花走到坐在吧檯角落的日岡面前張開雙腿蹲下，雙手放在腿上，深深鞠了一躬。

「叔叔，這次你幫了大忙，真的非常感謝。」

日岡雖然不習慣被和自己歲數差不多的人叫叔叔，但既然和國光結拜為兄弟，立花就必須這麼叫他。

國光入監服刑後，立花得知他們結拜成為兄弟，立刻前往中津鄉拜訪日岡。

——老大的兄弟就是我的叔叔，今後請多指教。

立花坐在駐在所的椅子上對日岡這麼說完，鞠了一躬。

這三年來，日岡和立花多次見面，也曾經在義誠聯合會辦公室附近喝咖啡，一年前，兩個人還曾經一起去和國光面會。

和能言善道的國光不同，立花沉默寡言，也不會把內心的感情寫在臉上。剛認識立花時，完全不知道他在想什麼，但隨著多次見面之後，漸漸瞭解到立花是審慎思考自己的措詞，力求冷靜判斷事物，才會表現出這種態度。最重要的是，立花是以老大為重的兄弟，他駝著背，小聲說出的話語中，充滿了對國光和北柴的崇拜。

日岡拉開了身旁的椅子。

立花微微欠身後坐了下來。人高馬大的立花坐在這張狹小的椅子上，簡直就像大人坐兒童座椅。

晶子熄了門外看板的燈，鎖上了店門。

她走回吧檯，拉了拉和服的衣領，隨口對他們說：

「這一陣子風聲很緊，所以就讓你們包場。」

晶子說的是暴對法。現在和以前不一樣，幾乎禁止警察和黑道兄弟一起吃飯。

「嫂子，不好意思。」

普通的客人都叫晶子老闆娘或是媽媽桑，但立花叫她「嫂子」。因為他知道晶子是尾谷組第一代太子的太太，晶子的老公生前是國光的兄弟，也是一之瀨的兄長，所以他叫晶子「嫂子」。

「你要喝什麼？」

晶子回到吧檯後問立花。

「和叔叔的一樣。」

晶子把酒杯放在立花面前，立花也從手上的紙袋裡拿出塑膠袋交給晶子。

「這是什麼？」

晶子不知道該不該收下，雙手懸在半空，看著日岡。日岡對她點了點頭，露出笑容。

「我打算好好感謝叔叔，但老大說，他的兄弟應該不會收，所以我想至少用這個表達心意，所以就帶了過來。如果大嫂可以處理——」

晶子接過紙袋，打開裡面一看，立刻驚叫起來。

「是螃蟹！我第一次看到這麼大的螃蟹。」

「是。」立花回答的同時，微微欠了欠身，「這是北海道的特產，而且目前剛好是產季。」

立花今天去和國光面會，剛從旭川回來，然後就直接來志乃了。他應該是搭機先到大阪，然後又搭新幹線來到廣島。

晶子像小孩子一樣歡呼起來。

「這可以做生魚片，也可以煮一下，還可以烤。」

晶子看著日岡問：

「阿秀，你想怎麼吃？」

新鮮的海鮮無論用什麼方式烹調都很美味，日岡決定交給晶子判斷。

「都可以。」

晶子想了一下後微笑說：

「機會難得，那就用各種都來一點。對了，也可以做蟹飯。你們慢慢喝，等我做好吃的給你們。」

晶子為他們倒了酒，走去流理台前準備下廚。

日岡和立花乾杯後喝了一口。

他從放在吧檯的菸盒裡抽出一支菸叼在嘴上。

立花從懷裡拿出打火機，為他點了火。

「我兄弟還好嗎？」

「上個星期離開了獨居房。」

國光遭到懲罰，被關進獨居房兩個月，目前還剩下兩個星期。到底發生了什麼事？

立花可能從日岡的眼神中察覺到疑問，繼續說了下去。

「多虧辰巳大哥的幫忙。」

他說的是成道會理事長特助辰巳慎太郎。

辰巳慎太郎是日本三大黑道幫派之一關東成道會的明日之星，也是實力派的年輕組長。五年前在群馬發生的火拼事件中，他涉嫌指揮暗殺對立幫派的組長，被判十五年有期徒刑，目前和國光一樣，都在旭川監獄服刑。

這不是國光第一次進獨居房，在剛進監獄後，他在獨居房住了一年。受刑人入監服刑後，並不會立刻進入雜居房這種大房間，而是先在獨居房適應監所一天的生活，但通常都只有一個星期左右，很少像國光這樣在獨居房住了一年左右。只不過國光當時是因為其他原因住在獨居房。

除了適應監獄的生活以外，違規遭到懲罰時，也會被關進獨居房，甚至可以說，通常都是因為後者被關獨居房。

然而，國光在獨居房內住了一年的理由和這兩者都沒有關係。

監獄內除了因個人犯罪服刑者以外，還有像幫派分子這些組織的成員，如果是後者，很有可能在監獄內發洩在外面的世界未消的遺恨。

像旭川監獄這樣的大型監獄內，當然會有和國光敵對的明石組旗下的幫派分子服刑，這些人也許會接到外面的指示對國光下手，於是獄方把國光隔離在獨居房。

一年之後，明心戰爭逐漸平靜，獄方才把他轉去雜居房，分到木工廠工作。

日岡看到國光的例子，覺得聰明人無論在任何地方都能夠嶄露頭角。

監獄內的作業會按不同的種類細分，其中一項工作就是計算工，作業內容是專門處理雜務。

監獄的作業有雕刻工、研磨工等體力活，計算工是其中最高等級的作業。以學校的組織圖來比喻，各個工廠內的計算工就像是班長，受刑人就是學生，老師就是監所的管理員。

雖然表面上是處理事務作業，但其實監獄管理人員要求計算工管束受刑人。

大家共同生活在一個地方，自然會產生摩擦和紛爭，無論在社會上還是監獄內都一樣。即使管理人員再怎麼瞪大眼睛，仍然有極限，無論再怎麼嚴格監視，都無法避免問題發生。

如果是在工廠內吵架這種肉眼可以看到的問題，管理人員有辦理處理。但是，任何事都有極限，管理員往往無法瞭解暗中發生的小紛爭。就好像任何群體都需要有首領一樣，監獄內也需要有人管束受刑人。

計算工需要有能夠統率集團的能力，而且獲得管理人員的信任。

國光成為木工廠的計算工後，默默盡自己的本份。受刑人也都對國光另眼相看，沒有人故意鬧事。

會製造麻煩的人往往是不守規矩的人，更何況監獄原本就是無法遵守法律——社會上規則的人聚集的地方，其中當然不乏脾氣火爆的人。

一個月前，有一個刑期尚未最後確定的新人入監。

這個人蠻橫無恥，而且很沒禮貌，更糟糕的是，他常在不必要的時候耍小聰明。當管理員不在的時候，就會和其他受刑人發生糾紛。

這個人破壞了其他受刑人之間的情緒平衡，也破壞了國光的統率。

國光看到那個傢伙趁其他受刑人上廁所時，把那個受刑人使用的鑿子丟進垃圾桶，終於忍無可忍。

受刑人一旦遺失作業工具，不僅會被扣分，甚至可能會被關進懲罰房。那個傢伙藉由扯別人的後腿，發洩內心的鬱悶。

國光在工廠內一拳打在那個傢伙的肚子上。

「這裡和外面不一樣，你別亂來——你這個王八蛋。」

當那個傢伙趴在地上嘔吐時，國光對他這麼說。

監獄的管理員也發現了那個受刑人破壞了監獄內的規矩，國光雖然不應該用暴力解決問題，但也有管理員私下支持國光。只不過無論基於怎樣的理由動粗，監所都必須懲罰受刑人的暴力行為。於是，國光受到在獨居房關兩個月禁閉的處罰。

日岡從去和國光面會回來的立花口中得知這件事時，感受到國光內心的煩躁。

日岡從千手口中得知杉本很可能就是殺害北柴的兇手這個情報後，在下一個休假日立刻飛往旭川。

嚴寒的大地被染成一片白色，天空、街道和旭川監獄後方的突哨山都被白雪覆蓋。

在冰冷的面會室內，當日岡暗示殺害北柴的兇手很可能是杉本時，國光的臉上充滿了以前從未見過的苦澀表情，然後簡短地暗示說，如果這件事屬實，就必須收拾杉本。

國光毆打那個受刑人，的確是為了教訓那個扯人後腿的王八蛋，但真正的原因，應該是因為遭到自家人背叛而憤怒不已。這種感情讓國光揮起了拳頭。

日岡遞了菸給身旁的立花。立花恭敬地婉拒了日岡的菸，從上衣內側口袋中拿出自己的菸。

他點了菸，吐了一口煙之後，滿臉喜色地說：

「辰巳大哥用各種理由向獄方求情，說懲罰沒問題，但兩個月的處罰實在太重了，而且為這件事向獄方交涉了不止一、兩次。獄方也知道老大打那個傢伙的原因，所以雖然表面上重重處罰兩個月，但內心應該希望可以找到縮短懲罰的理由。」

日岡用手指彈著菸，把長長的菸灰彈進菸灰缸裡。

「我兄弟對兩週年忌日法事有沒有說什麼？」

立花停頓了一下後，小聲地說：

「老大只說了一聲『是喔』。」

日岡的腦海中浮現了杉本面目全非的樣子。

晶子不知道，日岡和立花所說的「兩週年忌日法事」代表不同的意思，是指收拾殺害北柴兇手這件事。

日岡從一之瀨口中得知了杉本已死的消息。

一之瀨代替善後的立花和日岡聯絡。

『那棵有鳥巢的樹剛才已經砍掉了。』

一之瀨在電話彼端淡淡地說，好像真的只是在談論砍掉一棵樹而已。

雖然不知道採用了什麼手法，但週刊雜誌說，屍體上有生前遭到淒慘凌虐的痕跡。

國光從日岡口中得知殺害北柴的兇手之後，立刻派信鴿向立花發出了指示。

國光指示立花綁架杉本，要他說出真相，確定他犯下的勾當後，取他的性命，但不要攻擊杉本組，也不向明石組總部出手，只是視為杉本個人的問題。

國光應該是為了目前正在服刑的幫眾，做出了這樣的決定。

一旦發生大規模火拼事件，導致幫派瓦解，正在服刑的幫眾出獄之後就會無處可去。

還有家可歸——

對受刑人來說，這是強大的精神支柱。無論普通人還是黑道兄弟都一樣，一旦幫派瓦解，這些兄弟就失去了避風港。

「你們先吃生魚片。」

晶子在說話的同時，把盤子放在他們面前。盤子裡裝著肉質厚實而透明的螃蟹肉。即使不用試吃，一看到就知道美味無比。

「對了，阿守——」

日岡聽到晶子提到的名字，忍不住停下拿著筷子的手。晶子在這個時間點提到一之瀨的名字，簡直就像是看透了日岡內心的想法。

「他上次來店裡的時候說，第五代組長去了朋美那裡。」

晶子說的是武田力也去世之後，成為明石組第五代組長的熊谷元也。他在年輕時和國光並稱為明石組的潛力股，他之前擔任太子特助，之後成為太子，在明心戰爭之後，終於站上了顛峰。如今和國光是完全相反的立場。

朋美是國光交往多年的女人，在神戶經營珠寶店。

朋美的哥哥道永芳朋雖然不是黑道兄弟，但也是國光的結拜兄弟之一。他經營餐廳，在關西開了數十家店。

立花聽到晶子這麼說，遞上酒盅時回答：

「對，他讓手下等在門外，去神戶的嫂子店裡，然後對嫂子說，他要店裡最貴的珠寶，但大嫂斷然拒絕了。」

晶子拿著酒杯讓立花為她倒酒，不由地發出驚訝的聲音。

「為什麼拒絕？太可惜了。」

立花露出嚴肅的眼神。

「雖然雙方和解了，但明石組至今仍然是我們的敵人。」

晶子倒吸了一口氣，低下頭後輕輕點了點頭，也為立花斟了酒。

日岡已經從一之瀨口中得知了這件事。

第五代組長親口把這件事告訴別人。

熊光去國光的女人開的店真正的理由，是在暗中指示幫眾，不要動國光——和義誠聯合會。雖然其中有很多錯綜複雜的糾葛，但熊谷是因為國光暗殺了第四代，才能夠成為第五代組長。熊谷和國光雖然是多年的競爭對手，而且是敵對的關係，但熊谷在挺身打頭陣的國光身上感受到俠義精神，所以親自前往國光女人的店，阻止手下對國光採取報復行為。

日岡從一之瀨口中得知這件事後，並不感到意外。武田遭到暗殺後，心和會遭受到怒濤般的猛烈攻擊，義誠聯合會卻從來沒有遭到報復，顯然是當時的太子熊谷在暗中阻止。

一之瀨在電話彼端深有感慨地吐了一口氣。

『熊谷說，不愧是國光的女人。』

國光捨身殺害日本最大黑道幫派老大的行為，在黑社會中不斷受到稱讚，認為是「黑道兄弟的榜樣」。據說明石組的最高幹部聽了國光在法庭上的陳述後，也忍不住說：「國光是條漢子。」這位最高幹部欣賞身為敵人的國光這番話，也阻止了明石組那些幫眾意氣用事。如今，明心戰爭終於正式結束。

廣島仁正會內部的分裂也終於漸漸落幕。和反主流派笹貫組走得很近的瀧井組太子佐川義則被逐出幫派，和五十子會的餘黨勾結的笹貫也成為眾矢之的，他察覺到生命的危險，不得不發表引退聲明。

波濤洶湧的大海終於漸漸風平浪靜。

立花把手上的酒杯一轉。

「不知道老大有多想喝這些好酒——」

立花說完之後，再度用力抿著雙唇看向遠方。

「雖說被判無期，但其實只要蹲個三十年苦窯，就可以申請假釋。我會等到老大出獄的那一天。但是——」

立花停頓了一下，語帶遺憾地說：

「但老大說，他死也是黑道兄弟……」

立花用力垂下肩膀。

日岡覺得這很像是國光的作風。

被判無期徒刑的黑道分子必須宣布退出黑道，才能夠獲得假釋，國光應該一輩子都不會說這種話。

但是，國光還活著。雖然再也無法和他一起釣魚，再也無法和他一起喝酒，但他在遙遠的北方，只要想見面，隨時可以見到他。

日岡把酒杯中剩下的酒一飲而盡，在心裡小聲地說。

——兄弟，你要長命百歲。

尾聲

橫道重信用平刀沿著鉛筆在木板上畫的線滑過去。

削下的木片捲了起來。

重道正在製作幼兒用的拼圖玩具，木板表面挖出了各種不同形狀的溝，小孩子玩耍的時候，只要把相同形狀的拼圖小木板放進去就好。他的工作是在木板的表面雕出各種幾何圖案。

橫道在熊本監獄內屢次發生不良行為，半年前被移送到旭川監獄。

一聽到移送的監獄名字，他立刻覺得上天很眷顧自己。

橫道因為違反槍械法、攜帶兇器集合、傷害等罪嫌被判處八年有期徒刑。

他是在獄中得知自己的老大——組長遭到殺害。他從之後入獄的下游幫派成員口中得知，上游幫派已經解散，各幫派也握手言和。

橫道得知這些情況後，內心產生了強烈的憤怒。

怎麼會有這種荒唐的事？身為黑道兄弟，老大被人暗殺，哪有不以牙還牙的道理？

得知殺害老大的主謀被關在旭川後，他就一直找同房其他受刑人的麻煩，希望可以移送至其他監獄。雖然順利達到了移送的目的，但他也沒有想到竟然能夠馬上被移送到目的地的旭川監獄。

更幸運的是，他被分到和想要殺害的目標同一個工廠，而且是雕刻組的成員。他事後才想到，因為自己所屬的幫派已經解散，所以或許不再被認為是幫派分子，否則不可能被派到敵對幫派成員所在的工廠。

橫道在削木片的同時，將注意力集中在背後。受刑人在作業期間不能左顧右盼。

辰巳慎太郎就在背後，從雕刻刀發出的咻、咻的聲音，知道辰巳在默默工作。

辰巳在旭川監獄很有威望。因為他挺身把一個獄方因為面子而關進獨居房的囚犯營救出來，他自己也因此遭到一個月的懲罰，一個星期前才離開獨居房。

只聽到「嘎」的一聲，平刀卡進了木板。刀刃已經鈍了，必須去磨一下。

橫道的身體抖了一下。

盼望已久的那一刻終於來了。這一天，他已經等了很久。

橫道用力深呼吸，舉起手大聲說道：

「報告！」

監視台上的管理員發現了橫道，指著橫道，准許他發言。

「我要磨圓刀和平刀！」

他用毛巾把平刀、圓刀和旁邊一把刀刃有五公分長的錐子包了起來。監獄禁止受刑人直接拿著工具走動。

他走過隔開工作區和通道的白線，雙手放在腰上走路。

用研磨機磨完刀後，他腳底擦地走回工作區。

他的雙眼始終看著腳下。因為監獄禁止受刑人抬頭。

他緊緊握著包住剛磨好雕刻刀的毛巾，微微抬起視線。

他看到了計算工的背影。

計算工面對正在作業的受刑人，坐在自己的桌子前。他可能正在寫東西，身體微微前傾，看著筆記本，在筆記本上寫著什麼。

工廠內只有作業的聲音，沒有人說話。

橫道悄悄停下腳步。

目標可能察覺了什麼，抬起了頭。

就在這時，橫道立刻從毛巾中抽出錐子，刺向目標的胸口。

所有受刑人都同時叫了起來。

管理員怒吼著跑過來，從背後架住了橫道的雙手。

橫道立刻甩掉管理員的手，一次又一次把錐子刺向目標的胸部。

他大聲叫著：

「國光！這是為我老大報仇！」

國光銳利的雙眼瞪著橫道。

「你是武田組的人嗎？」

國光喘著氣問。

橫道點了點頭。

「去死吧！」

他用反手握住的平刀割向國光脖子上的動脈。

鮮血噴了出來。噴出的鮮血灑在地上。

警鈴大響。

他看到好幾名管理員跑了過來。

國光抓住橫道的肩膀拉向自己，然後把臉湊到他面前。

國光看著為老大報仇的男人，瞇起了雙眼——好像在笑。

完

錯視畫的利牙

發售中　**定價：360 元**

塩田武士◎著　大泉洋◎主演
王華懋◎譯

在大出版社擔任雜誌總編的速水，是言行魅力十足的萬人迷。當負責的雜誌決定廢刊，速水近乎異常的「執念」逐漸浮出檯面……對西山日薄的出版界露出利牙的男子，將改革整個業界！

KADOKAWA 文學放映所 087

破門

發售中 **定價：420 元**

黑川博行◎著
王華懋◎譯

黑道成員桑原與建築顧問二宮投資電影製作，竟遭製作人捲款而逃。在追捕失蹤的詐騙師之時，桑原將兩名礙事的混混打到送醫，沒想到對方是本家底下的組員。兩人的追捕行動，搖身一變成為幫派火拼的地獄戰場。進退維谷的桑原，只能賭上生死放手一搏……

國家圖書館出版品預行編目資料

兇犬之眼 / 柚月裕子作 ; 王蘊潔譯 .
-- 初版 . -- 臺北市 : 臺灣角川 , 2019.06
面 ; 公分 . --（文學放映所 ; 119）

譯自 : 凶犬の眼
ISBN 978-957-743-063-2（平裝）

861.57 108006247

兇犬之眼

原著名＊凶犬の眼

作　　者＊柚月裕子
譯　　者＊王蘊潔

2019年6月27日　初版第1刷發行

發 行 人＊岩崎剛人
總 經 理＊楊淑媄
資深總監＊許嘉鴻
總 編 輯＊呂慧君
主　　編＊李維莉
美術設計＊邱靖婷
印　　務＊李明修（主任）、張加恩（主任）、黎宇凡、張凱棋

台灣角川

發 行 所＊台灣角川股份有限公司
地　　址＊105台北市光復北路11巷44號5樓
電　　話＊（02）2747-2433
傳　　真＊（02）2747-2558
網　　址＊http://www.kadokawa.com.tw
劃撥帳戶＊台灣角川股份有限公司
劃撥帳號＊19487412
法律顧問＊有澤法律事務所
製　　版＊尚騰印刷事業有限公司
I S B N＊978-957-743-063-2